I0641396

Julie Turconi

Les marches

À tous ceux qui ont un peu de Louis, Omar ou Charlotte en eux. À mes parents. À FX. Et à tous mes lecteurs, sans qui rien n'existerait !

Si vous souhaitez être tenu au courant de mes réalisations (publications, arts visuels ou conte), envoyez-moi un message avec votre nom et votre adresse courriel, en citant ce livre, sur la page de contact de mon site Web :
www.unicjuly.com

ISBN 978-0-9948266-1-9

Tous droits réservés © Julie Turconi
Photo de couverture : *Le cœur sous la main* © Julie Turconi

LOUIS

Louis est debout derrière la fenêtre, pensif. De la rue, un passant tardif pourrait peut-être apercevoir sa silhouette floue, massive, se dessinant derrière les reflets de la vitre. Mais il est presque trois heures du matin et il n'y a plus personne sur le trottoir ni dans les rues. La ville est silencieuse, endormie dans cette nuit d'hiver enveloppante comme un édredon. Quelques flocons flottent, plumes attardées, léger duvet qui absorbe tout : les sons comme la lumière. En face de Louis, de l'autre côté de la vitre, le lampadaire est éteint, comme tous ceux de la rue. C'est ainsi depuis que les travaux ont débuté, plusieurs semaines auparavant. Louis n'était pas au courant, mais ce soir, il s'en réjouit. La nuit a envahi le quartier et des ombres dansent d'une ruelle à une autre. Seuls quelques reflets de lune et un léger frissonnement végétal rompent l'harmonie de cette nuit froide et funeste.

D'ordinaire, Louis préfère la rue éclairée, à toute heure de la nuit, même si la lueur des lampadaires est un peu blafarde et transforme les gens en dissimulant leur véritable nature. Nostalgique d'un temps aujourd'hui disparu, Louis se souvient : quand il vivait ici, il rentrait souvent tard, dans la noirceur. Il avait alors l'impression que les gens n'étaient plus ceux qu'il avait croisés le matin même : l'épicier du coin, vieilli par la nuit, semblait s'être racorni, tandis que la vieille madame Roche, en face, avait bien meilleure allure sous cet éclairage tamisé. Il faut dire que madame Roche avait plus de quatre-vingts ans et que sa jeunesse s'était enfuie depuis presque aussi longtemps que son mari. Louis ébauche un sourire, avant de se rembrunir tout en s'enfonçant instinctivement dans l'obscurité de l'appartement. C'est bien connu, les vieux dorment très peu et passent leur temps à épier le voisinage. Pour peu qu'elle soit encore vivante, madame Roche pourrait bien être derrière sa fenêtre, comme autrefois. Quelle malchance si, par hasard, elle l'apercevait ! Et surtout, si elle l'identifiait… Il n'est pas revenu dans ce quartier depuis bien longtemps, mais il est presque sûr qu'elle le reconnaîtrait. Même si aujourd'hui, tout a changé.

Derrière Louis, la pièce est plongée dans le noir. Mais ses yeux, à présent habitués à l'obscurité, distinguent malgré tout le contour des meubles; la tâche plus sombre du tapis sur le sol, au milieu du loft; l'ombre menaçante du frigidaire, dans le coin cuisine. Et la forme étendue sur le canapé. Immobile. Louis soupire, à la fois de colère et de résignation. Il s'approche lentement du corps allongé, à moitié nu, la tête renversée en arrière, un bras replié sur la poitrine, l'autre pendant dans le vide, ses doigts effleurant le plancher en un geste d'abandon ultime et touchant. Il se penche, s'agenouille et, la tête penchée, le menton presque au contact de la poitrine, les yeux baissés, il murmure doucement le nom de la femme endormie en passant une main dans ses cheveux emmêlés. Son toucher est si léger que des mèches rebelles, pareil à des herbes desséchées, se hérissent, électrisées. Claudia… Endormie à jamais, dans un sommeil que rien ne viendra plus déranger.

Un long moment lui est nécessaire pour trouver le courage de relever la tête et de regarder une dernière fois son visage.

Incapable de supporter ses yeux révulsés, il lui ferme doucement les paupières. La raideur n'a pas encore complètement envahi les tissus et le corps conserve un semblant de vie, comme un écho qui s'éteint peu à peu.

Combien de temps reste-t-il là, agenouillé aux pieds de la jeune femme comme un amant près de son aimée ? Il pense à cette vie volée, à cette femme désormais jeune pour l'éternité, fleur coupée et déjà flétrie. Il aimerait garder d'elle l'image que lui a longtemps renvoyée la photographie posée sur sa table de nuit : une femme rieuse, aux yeux pétillants dans lesquels ne se lisait pas encore le désespoir. Une image volée au temps qui passe, datant de bien avant leur rupture, bien plus longtemps encore avant cette nuit funeste.

Aujourd'hui, il se demande où est passée cette photographie. L'a-t-il égarée lors d'un déménagement ? Ou s'en est-il volontairement séparé pour faire table rase du passé ? Il ne s'en souvient plus, mais une chose est certaine : le passé vient de le rattraper et de le cogner méchamment. Il est sonné, presque K.O., et il ne sait pas s'il aura la force de finir le *round* debout. D'une certaine façon, Claudia vient d'achever ce qui restait de l'homme qu'il était jadis. Et qu'il était encore, à peine quelques minutes plus tôt. Malgré le sang qui se rue dans ses veines et qui pulse à ses oreilles, son corps est tout aussi froid et son âme tout aussi vide que ceux de la femme étendue là, à ses côtés. L'heure n'est pourtant pas aux regrets, il faut qu'il réfléchisse, qu'il bouge, qu'il passe à l'action. Comment sortir de ce pétrin ? Il est hors de question que qui que ce soit le trouve auprès de Claudia, le matin venu.

Il se voit déjà, interrogé par la police, mis en garde en vue, voire – pourquoi pas ? – jugé et envoyé à l'ombre pour une bonne dizaine d'années. Il ne le supporterait pas. Puis, sans transition, il éclate de rire. Quel mélo ! Il est en train de se construire un mauvais polar, avec un scénario de série B digne d'Hollywood. Allons, la Californie est loin, et il n'a rien d'un criminel. Claudia s'était mise dans de sales draps, c'est certain, mais il n'y est pour rien. Et la seringue qui gît au pied du canapé parle d'elle-même, tout comme le corps squelettique et marqué d'une femme à la chair naguère appétissante. Les années ont passé si vite que Louis n'arrive pas à relier l'image qu'il a sous les yeux à celle qu'il avait conservée de cette jeune femme, autrefois sa compagne. Autrefois… une éternité plus tôt; hier; maintenant. La dégringolade a été brutale. Et lui, le Sauveur, n'était pas là pour l'aider. Le Sauveur. C'est ainsi qu'elle le surnommait, à l'époque, avec une tendresse moqueuse, parce qu'il voulait toujours aider tout le monde. Cette nuit, Claudia lui renvoie ses échecs en plein visage. Et cette gifle laisse une marque vive sur la peau de son âme. Pourquoi l'a-t-elle appelé, lui entre tous, juste avant l'overdose ? En cet instant, il lui en veut terriblement.

Louis se redresse, s'étire, les jambes ankylosées par les longues minutes passées à ruminer le passé. Puis, douloureusement, il retourne vers la fenêtre, miroir du monde et des vivants. Loin du corps et de ses reproches muets. Loin de ce froid qui s'insinue en lui comme une vapeur insidieuse. Il est plus à son aise pour réfléchir, ici, face à la rue, à la ville et ses bruits nocturnes. Tant pis si les voisins distinguent sa silhouette ! De toute façon, en toute logique, personne ne va s'inquiéter ni venir voir ce qui se passe dans l'appartement de Claudia. La jeune femme devait susciter suffisamment de ragots dans le voisinage pour que, dans les jours qui viennent, tout le monde pense (sans pour autant le dire à voix haute) qu'elle « l'a bien cherché. » Louis soupire. Les gens sont tellement prompts en mots mais si peu en gestes. Qui sait si une main tendue n'aurait pas suffi ? Mais suffi à quoi ? Repousser l'échéance ? Ce n'est qu'un leurre, il en est bien conscient. Cependant, pour un temps, même bref, cette illusion éloigne les bras noirs et avides de sa propre culpabilité.

Louis contemple les flocons, dehors, qui tombent de plus en plus dru. Le vent, lui aussi, a forci. Il le sent, dans la vibration de la vitre, dans la densité différente de l'air autour de lui. Il ferme les yeux un instant. Et se retrouve soudain au milieu d'un cimetière, en pleine campagne. Il a peut-être quatre ou cinq ans et c'est sa toute première expérience de la mort : quelques jours plus tôt, sa grand-mère maternelle s'est éteinte. Pourtant, l'enfant trouve qu'elle n'a jamais brillé très fort. Qu'est-ce qui s'est obscurci en elle, et, plus perturbant, qui a décidé d'appuyer sur l'interrupteur, comme lui-même le fait chaque soir dans sa chambre ? L'enfant se rappelle une vieille femme arthritique et désagréable, qui houspillait constamment son monde et détestait particulièrement le voir fouiner partout. Louis, en retour, haïssait son sourire grinçant, son odeur poussiéreuse et ses longs doigts déformés par l'arthrose, crochus comme ceux d'une sorcière. Mais ce matin, c'est l'enterrement. Pour Louis, tout est prétexte à s'étonner : le prêtre, hautain dans sa longue robe lugubre; l'église glaciale et sombre, où quelques cierges allumés en l'honneur de la défunte peinent à repousser les ténèbres; tous ces gens rassemblés par le deuil, frissonnant dans leurs manteaux noirs, et que l'enfant ne se souvient pas avoir jamais vus auparavant; l'herbe haute fouettée par les rafales de vent, dans le cimetière adjacent, presque abandonné depuis la construction du nouveau cimetière, de l'autre côté de la rivière…

Louis ne tient pas en place. Cet endroit, véritable jardin de mort, lui fait un peu peur. Les grandes grilles rouillées qui entourent les tombes, les plantes qui envahissent les allées, les vieilles pierres tombales à moitié dévorées par le temps, tout paraît immense et malsain à l'enfant. Il imagine les morts, aussi inquiétants que le décor, spectres fantomatiques et mécontents poussant sur les stèles pour tenter de sortir de leurs caveaux et punir leurs descendants de leur oubli. Il frissonne. En ce matin gris, personne ne le rassure, personne ne fait attention à lui. Surtout pas sa mère. Elle a toujours été un peu étrange, mais depuis la mort de sa propre mère, c'est pire. Une drôle de lueur est apparue dans son regard. Elle semble traquée et glisse doucement sur une pente instable qui ne mène nulle part, si ce n'est dans l'impasse de la folie. L'enfant a l'impression que la morte lui a légué ses propres bizarreries avant de quitter ce monde, et qu'elle est incapable de le supporter. Le fardeau est trop lourd pour ses maigres épaules, déjà tremblantes. Louis ne la reconnaît plus. Elle n'a plus personne pour s'occuper d'elle, elle non plus. Le père de Louis est parti depuis longtemps. Il a fui, a fini par comprendre l'enfant. Et il a eu raison, pense-t-il de plus en plus souvent.

Louis regarde le prêtre lancer une poignée de terre sur le cercueil que l'on vient de descendre dans un trou profond, aux bords lisses et tranchants comme la lame d'un couteau. La terre résonne sur le bois de la caisse et Louis réprime une grimace. Puis sa mère s'avance et, à son tour, lance de la terre dans la fosse. À l'idée de voir le trou se reboucher à coup de poignées, l'enfant craint soudain de devoir passer des heures ici, dans le froid. Il tremble, mais sa mère ne lui laisse guère le temps de pousser plus loin ses réflexions. Elle le tire violemment par la manche, vers l'avant, vers le bord de la fosse. Il trébuche, se retient à la main qui cherche à lui échapper, retrouve son équilibre. Après un instant d'indécision, il comprend qu'on lui demande, à son tour, de suivre l'étrange cérémonial. Il se penche, mal à l'aise, et ramasse de la terre qu'il jette ensuite avec hésitation sur le cercueil. Puis il se recule et aussitôt, sans même attendre que les personnes présentes se dispersent, les fossoyeurs se mettent au travail. Ils ont d'autres chats à fouetter, et le ciel est lourd et menaçant. L'enfant sourit. Seuls les proches ont été sollicités pour les poignées de terre, et il comprend qu'il vient de participer, pour la première fois de sa vie, à un rituel qu'il peut qualifier de familial. C'est aussi le dernier, mais ça, il ne le sait pas encore.

La cérémonie s'achève rapidement et, avant même que le trou soit entièrement rebouché, sa mère emmène Louis, sans un regard en arrière. Ni elle ni l'enfant n'ont versé une seule larme.

Toute la journée, Louis et sa mère errent dans la campagne, aux abords du village. L'enfant est fatigué, il a faim, il a mal aux pieds à force de marcher. Désemparé, il ne sait pas quoi faire à part suivre sa mère. Quand la nuit tombe, elle le traîne de nouveau au cimetière, malgré ses réticences. Louis a vraiment peur, maintenant. Dans l'obscurité, les pierres tombales semblent vivantes, comme des monstres prêts à vous dévorer. Louis échappe la main de sa mère, et celle-ci se met à courir en riant comme une damnée. Loin, de plus en plus loin de l'enfant qui peine à la suivre. Ses jambes sont trop petites, son épuisement est trop grand et sa peur l'empêche de respirer. Quand elle disparaît dans le noir, Louis, perdu, appelle, crie, cherche. Il est complètement paniqué, au milieu d'un désert qui lui semble pourtant très habité. Il pleure et finit par trébucher sur une racine et s'écrouler sur le sol.
C'est le prêtre qui l'a retrouvé, deux jours plus tard, à l'endroit même où il était tombé, recroquevillé contre un vieux banc tout moisi, pitoyable loque humaine en état de choc, incapable de bouger ou de réagir. Sa mère n'a jamais reparu, et Louis n'a jamais su ce qu'elle était devenue.

Soudain, dans la rue, au bas de l'immeuble où gît le corps de Claudia, une voiture déboule en trombe, tous feux allumés. Louis sursaute lorsque le faisceau des phares passe brièvement sur lui, l'éclairant aussi brutalement qu'un flash d'appareil photo. Le passé s'évanouit aussitôt, laissant Louis interloqué d'avoir pu se laisser aller ainsi dans un voyage vain vers un temps révolu. Ce n'est pourtant pas le moment d'exhumer ses vieux souvenirs ! Étrange comme la mort de Claudia, puissant catalyseur, éveille en lui des images qu'il croyait oubliées depuis longtemps, après de longues années de thérapie et de souffrance. L'écho du passé résonne toujours en lui.

Louis hausse les épaules et se détourne de la fenêtre. Il se rapproche du cadavre et lui murmure un dernier adieu emprunt de mélancolie. Il n'est pas vraiment triste, plutôt plein d'amertume de n'avoir rien pu faire. Et plus étonné à présent que courroucé par l'appel de Claudia. Peut-il croire qu'elle ait espéré, au moment ultime, qu'il puisse encore la sauver ? Mais c'était trop tard, il le sait bien. Pour lui et Claudia, ça a toujours été trop tard.

Louis sort alors tout doucement de l'appartement. Il n'a touché à rien sauf à la poignée de la porte, qu'il essuie soigneusement avec un mouchoir en papier ramassé par terre, sur le tapis, à côté du canapé. Un mouchoir qu'il s'empressera de jeter dans la première poubelle croisée sur son chemin. Il doute fort que la police prenne la peine d'envisager autre chose que l'évidence de l'overdose. Une *junkie* de moins, la belle affaire ! Mais il ne veut pas prendre de risque. Sa vie est déjà bien assez compliquée comme ça. Il restera le seul à savoir que la mort de Claudia est un suicide. Une mort lente, planifiée depuis des années, à petit feu et sans faire de bruit. Comme une flambée qui s'éteint et dont les braises rougeoyantes, mémoires d'une vie intense, se transforment peu à peu en cendres grises et poussiéreuses…

Dehors, la température a chuté de plusieurs degrés. Louis remonte le col de son manteau et enfonce profondément ses mains dans ses poches. Prudent, il longe le mur, là où l'obscurité est la plus dense. Il a beau n'être plus aujourd'hui qu'un grand Noir au milieu de la nuit, il quitte rapidement le quartier, sans se retourner, ses traces effacées au fur et à mesure par un délicat linceul neigeux, qui semble aussi lourd que le monde sur ses épaules pourtant robustes.

Louis avait tout de suite su, dès sa première rencontre avec Claudia, qu'il allait tenter sa chance. Il venait d'arriver en ville et cette fille, si lumineuse, avait un éclat particulier, qui provoquait comme une résonance en lui. Aurait-il changé d'avis s'il avait deviné, dès cet instant, que cet éclat n'était que le reflet d'une brisure semblable à la sienne ? Encore aujourd'hui, il n'en est pas sûr. De toute façon, à l'époque, il pensait pouvoir aider tous ceux qu'il rencontrait; il tendait la main à tous. Mais Claudia était différente. Elle n'avait jamais voulu saisir la perche de sa main, jamais voulu s'ouvrir à lui et à un avenir commun. Ils avaient été heureux, à leur manière, mais cela n'avait pas duré. Claudia l'avait entraîné dans une spirale de ruptures et de rabibochages, de pleurs et de haine, de mensonges et de solitude. Il avait fini par jeter l'éponge, le jour même où il avait réalisé qu'il commençait à se mépriser. Cet échec avait longtemps personnifié, à ses yeux, le pire des actes : l'abandon d'un être en souffrance. Par la suite, avec le recul, il avait compris qu'il n'y avait pas d'autre issue. Et à présent, Claudia est morte.

Rentré chez lui, Louis se déshabille, se douche, se prépare un café. L'odeur des grains moulus se répand dans son petit appartement. D'habitude, à cette heure-là, Louis rentre tout juste du travail. Heureusement, il n'était pas de service ce soir. Mais n'aurait-il pas été préférable d'être absent, de ne jamais avoir reçu cet appel? Et de découvrir la mort de Claudia le lendemain, à la lumière du jour; une lumière plus rassurante, plus crue, qui lui aurait peut-être permis de maintenir le chagrin et le ressentiment à distance. Pour Louis, la nuit renvoie déjà bien trop souvent à des images de peur et de cauchemar.
Non, tout est mieux ainsi. En plein jour, il n'aurait pu éviter d'appeler la police pour signaler la mort de Claudia, et il lui aurait alors fallu répondre à des questions et se replonger bien plus profondément dans une histoire qu'il souhaite plus que tout oublier.

Loin à l'Est, une faible lueur tremblotante annonce la naissance prochaine d'un nouveau jour. Il est trop tard pour se recoucher et, de toute façon, Louis sait bien qu'il ne pourra pas dormir.

OMAR

Ce matin, comme tous les autres, Omar se lève en ronchonnant. Depuis quelque temps, ses rhumatismes ne lui laissent plus aucun répit. Le vieil homme a l'impression que le froid s'insinue jusqu'au cœur même de ses os. Sortir de son lit, ce geste pourtant si simple et si naturel, devient de plus en plus difficile, et le vieil homme ne manque pas de se plaindre à haute voix, au seul bénéfice de ses murs. L'hiver, c'est bon pour les jeunes ! À son âge, cette saison qui s'étire à ne plus vouloir en finir n'est que frissons, grelottements et risques de chute. Omar attend le printemps avec impatience, même si, comme chaque année, il lui paraîtra trop court. De toute façon, la pluie et la boue rendront les trottoirs glissants et il ne pourra guère sortir. Autant ne pas penser à l'été, avec sa chaleur humide et ses hordes de touristes. Au fil des années, une seule chose semble ne pas avoir changé : aucune saison ne trouve réellement grâce aux yeux d'Omar. Déjà « au pays » – comme il le dit encore, avec une pointe de nostalgie –, au temps de sa jeunesse, il se plaignait de la poussière et de la chaleur. Mais les années et l'éloignement ont gommé toutes les ombres de ses souvenirs pour ne laisser qu'un éclat lumineux, une tendresse rugueuse pour un pays qu'il rêvait déjà avant de devoir le quitter. Omar a le mal d'un pays imaginaire.

Après plusieurs essais infructueux, le vieil homme réussit enfin à se mettre debout. Il tend le bras, attrape une antique robe de chambre rouge, élimée mais douillette, suspendue à la tête du lit, et il s'en enveloppe comme un gigantesque insecte dans un chaud cocon. Puis il enfile péniblement ses pantoufles et se dirige, à petits pas mesurés, vers la salle de bains. Il sent ses articulations se dérouiller peu à peu – de plus en plus lentement chaque jour. Il ne sera bientôt plus bon à rien, et cette idée lui fait peur. Aussi la repousse-t-il, comme chaque matin. Après le passage obligé par les toilettes, toujours plus long, Omar songe à son petit-déjeuner. Son appétit n'est plus ce qu'il était, mais il se force. Il a besoin de toute l'énergie qu'il peut trouver. Le vieil homme songe avec mélancolie aux temps enfuis où il pouvait aller à la cuisine dès le saut du lit pour mettre en route la cafetière. Il a toujours aimé l'odeur du café qui se répand dans tout l'appartement et le met de bonne humeur. Bien sûr, il n'a jamais rien voulu savoir des appareils programmables que sa fille s'est évertuée à lui offrir, Noël après Noël. Les cadeaux de sa fille, Omar les garde précieusement dans un placard, même s'ils ne servent pas. Le vieil homme aime sa fille plus qu'il ne pourrait l'exprimer par de simples mots, et il préférerait mille fois à tous les cadeaux du monde qu'elle vienne le voir plus souvent. Une fois l'an, c'est peu. Néanmoins, l'assurance de cette visite annuelle l'aide à supporter une partie de l'hiver. Car si Omar n'a plus depuis longtemps aucun intérêt pour les décorations et l'allégresse de Noël, il attend la fête de la Nativité avec une même impatience chaque année. Ce jour-là, il n'est plus tout seul.

Depuis quelques années, sa fille vient avec son mari et ses enfants. C'est une gentille petite famille, Omar le reconnaît volontiers. Les deux adolescents affichent leur côté branché en cultivant un certain détachement au monde, et particulièrement au monde des adultes. Dans le fond, ces jeunes ne savent pas bien comment communiquer avec leur grand-père, ce vieil homme bougon et ennuyeux qui ne connaît rien des gadgets technologiques ni des derniers films. Omar sait bien que ses petits-enfants s'ennuient chez lui, mais il s'en accommode, et eux aussi. Ce qu'il a plus de mal à supporter, en revanche, ce sont les constants commentaires de leur père – son gendre. Sa fille a en effet épousé un homme très conscient de sa propre réussite sociale. Le vieillard ne cesse de se répéter qu'elle aurait pu trouver mieux que ce blanc-bec savant qui semble se faire un plaisir de l'interrompre constamment pour le reprendre. Omar sait bien qu'il n'a jamais été à l'école, a-t-il vraiment besoin qu'on le lui rappelle systématiquement ? Les temps ont changé, les gens aussi. Le respect dû aux anciens n'existe plus, enseveli sous le sable du passé.

Et Omar de soupirer sur un autrefois révolu, dont l'éclat idyllique aveugle la réalité même de ses souvenirs. Au fil des années, de grands pans de sa mémoire se sont peu à peu modifiés, voire effacés. Il y a cependant une chose qu'Omar ne peut oublier : depuis quelque temps, à chacune de leurs trop rares visites, sa fille et son mari lui répètent qu'ils préféreraient le savoir « ailleurs » que seul chez lui. Pour autant, ils ne lui proposent jamais de venir habiter chez eux, au grand dam du vieil homme – qui refuserait, mais espère toujours cette demande illusoire, comme une ultime preuve d'affection. Et sa fille ne comprend pas pourquoi il s'énerve autant dès qu'elle tente de le convaincre. « Ce serait plus prudent, tu comprends ? Et puis, tu serais avec d'autres personnes de ton âge. » Omar se bute et répète, l'air mauvais, qu'il ne quittera ses pénates que les deux pieds devant. Hors de question d'aller finir ses jours dans un mouroir – quel que soit le nom accrocheur dont on peut parer ce genre d'institution. Omar a de plus en plus de mal à croire en la sincérité des sentiments de sa fille : si elle se souciait autant de lui et de sa santé, ne viendrait-elle pas le voir plus souvent ? Quand cette pensée surgit, la tristesse le submerge et le vieil homme hausse le ton pour masquer son émotion, incapable d'exprimer ses vrais sentiments. Ensuite, mortifié, il bougonne et ronchonne toute la journée. Sa fille, agacée, le laisse faire sans rien dire. Chaque année, la discussion se termine de la même façon et les au-revoirs n'en sont que plus pénibles. Au final, Omar est persuadé qu'il n'est guère plus qu'un fardeau.

Ce matin, l'humidité ravive les rhumatismes du vieillard, qui ne peut s'empêcher de gémir. Sa plainte se répercute sur les murs et brise, pour un bref instant, le silence et la solitude qui entourent le vieil homme. Depuis quelque temps, celui-ci a pris conscience de bien des choses, et il craint aujourd'hui de perdre ces compagnons qu'il croyait détester, au profit du séjour de longue durée en « maison de repos », probablement définitif, que sa fille ne cesse de prôner. L'hypocrisie et la pitié le hérissent autant l'une que l'autre. Mais combien de temps encore sera-t-il capable de s'occuper de lui-même ? Il décline et il le sait, même s'il ne l'avouerait jamais à quiconque. Omar a sa fierté.

Assis à la table de sa cuisine, une tasse de café frais posée devant lui, le vieil homme réfléchit. Il ne pourra pas sortir aujourd'hui, le risque est trop grand de glisser sur une plaque de glace. S'il se cassait la hanche, il perdrait son autonomie, et alors… Il préfère ne pas y penser. Cela signifie donc qu'il va encore falloir appeler le magasin pour une livraison. Une de plus. L'épicerie hebdomadaire étant sa seule dépense vraiment significative, le vieil homme ne se préoccupe plus guère de son coût. L'appartement est payé depuis longtemps, Omar a joui toute sa vie d'une santé robuste et il n'a jamais fait de folie. Ses économies, accumulées tout au long d'une vie de labeur, sont suffisantes pour lui assurer une retraite à l'abri du besoin, à condition de se montrer raisonnable – ce qu'il a toujours été.

C'est d'ailleurs un des reproches que sa fille lui faisait, autrefois. À tel point que lorsqu'elle a commencé à gagner son propre argent, elle ne lui a plus jamais rien demandé. Ce qu'elle voulait, elle se l'achetait elle-même, faisant ainsi fi de l'opinion de son père sur les frivolités vestimentaires et autres fantaisies. Fière, indépendante et féministe, la jeune femme avait balayé en un instant tous les efforts et toutes les privations que son père avait consentis en secret pour son avenir, au long des années. Elle avait catégoriquement refusé tout l'argent que son père avait voulu lui donner – ou lui prêter. Elle tenait à lui montrer qu'elle était tout à fait capable de s'assumer toute seule. Omar en avait été blessé et, d'une certaine façon, il s'était senti lésé. Aujourd'hui, il sourit avec fierté en repensant à la volonté inébranlable de sa fille – en ce domaine comme en bien d'autres. Sa fille a réussi mais, ce faisant, elle s'est inexorablement éloignée de son milieu et de sa famille. Même s'il admire son accomplissement, Omar n'est que trop conscient du prix de cette « liberté ». Sa fille a beau tout avoir, il lui manque quelque chose d'essentiel. Peut-être est-il le seul à le remarquer, car il est le seul de son entourage actuel à avoir connu la petite fille d'autrefois, celle qui chérissait les petits riens du quotidien, ces moments fugitifs de bonheur simple que son père lui avait appris à reconnaître : écouter le chant délicat d'un oiseau, marcher tranquillement dans les allées du parc au rythme des pas d'un homme qui, déjà, se faisait vieux, ou encore se délecter de l'odeur du café tout juste passé, assis ensemble dans une cuisine exiguë baignée par les rayons du soleil matinal… L'argent n'avait alors aucune importance.

Il n'en a pas plus aujourd'hui pour Omar qui s'est aperçu, à l'aube de sa vieillesse, qu'il disposait d'économies appréciables. Mais s'il n'a pas à se soucier dans le détail de la moindre de ses dépenses, il est quand même ennuyé de devoir passer commande à l'épicerie. C'est un rappel amer de son impotence et de son âge. Si au moins il pouvait tomber sur un gentil commis, quelqu'un qui accepte, une fois n'est pas coutume, de s'asseoir quelques minutes avec lui. Omar soupire. Des gens qui prennent le temps, il n'en connaît plus beaucoup. Le vieil homme ne sait pas où va le monde, mais ce n'est pas dans la bonne direction, c'est certain.

Parfois, l'été, quand le vent souffle, chaud et caressant, Omar ferme les yeux et repart dans son pays. Un pays qu'il redessine au gré de ses humeurs. Un pays où vole le sable du désert, où souffle le sirocco, où la terre est dure mais les hommes généreux. Un pays qu'Omar n'a pas revu depuis près de cinquante ans et dont il ne lui reste plus que quelques souvenirs incertains, rendus flous par les voiles du temps. Omar s'est laissé happer par la vie, lui aussi, et ce n'est que récemment qu'il a redécouvert les vertus de la lenteur et du temps que l'on se donne à soi-même. Pendant si longtemps, sa fille, qu'il a fait de son mieux pour élever, seul après la mort de sa femme, a occupé toutes ses pensées. Homme réservé et peu habitué aux épanchements, Omar avait réagi à son deuil en se jetant dans le travail afin d'assurer l'avenir de sa fille. Il était connu de tous, dans le quartier. En fin de journée, les voisins, eux aussi « du pays », n'hésitaient pas à venir le voir pour discuter, refaire le monde et lui demander de menus services.

Omar a toujours été un homme rude, avare de paroles mais toujours prêt à donner un coup de main pour bricoler, réparer, rafistoler. Constamment sollicité pour ses mains d'or, il en paye aujourd'hui le tribut : ses articulations fatiguées grincent de plus en plus, son dos coince par temps de pluie et ses doigts le font souffrir plus souvent qu'à leur tour. Malgré tout, Omar est encore capable de s'occuper de lui-même, et il peut continuer à vivre dans cet appartement où il a connu ses plus grandes joies d'immigrant – ce lieu qui garde l'empreinte d'une présence aimée.

Au fil des années, Omar a appris à accepter la solitude. Les choses changent, les gens vont et viennent. Les voisins qu'il appréciait sont partis les uns après les autres, et il est trop vieux, trop fatigué, pour tenter de créer de nouveaux liens. Omar se rappelle un temps où il connaissait chaque habitant de son bloc, à chaque étage, sur chaque palier, dans chaque appartement. Ahmed et sa famille avaient été les premiers à déménager. L'année d'après, les vieux époux Durant les avaient imités. Tous les autres avaient suivi, petit à petit, sans qu'il s'en rende compte. Remplacés par des jeunes en colocation ou des couples qu'Omar croisait rarement. Et lorsque cela arrivait, c'est tout juste si son salut poli lui était rendu. Son visage taillé à la serpe, son air renfermé, ses yeux du gris d'un ciel d'orage prêt à éclater et ses grandes mains calleuses et abîmées ne contribuaient guère à amadouer les gens.

Omar ne savait même pas qui habitait dans l'appartement mitoyen du sien. Ces derniers temps, les nouveaux venus ne prenaient même plus la peine de venir se présenter, et Omar s'estimait chanceux s'ils ne faisaient pas trop de bruit. Il n'était plus qu'un vieux solitaire grognon, qui ne sortait guère que pour poser ses poubelles sur le trottoir.

Omar finit son café, jette un coup d'œil à la neige qui continue de tomber sur la ville, et se lève pesamment pour poursuivre sa routine matinale. Après avoir rincé sa tasse vide, il gagne la salle de bains, où il lave consciencieusement son vieux corps usé mais encore solide, puis il s'habille soigneusement. Le vieil homme met un point d'honneur à ne pas se laisser aller. Il lui est inconcevable de passer la journée en pyjama et en robe de chambre, même s'il ne sort pas. L'opération est longue, et il doit s'y reprendre à plusieurs fois pour fermer les boutons de sa chemise. Il agit comme un automate, car son esprit est déjà ailleurs. Il va reprendre ses outils, aujourd'hui, et cette idée suffit à le rendre heureux. Omar a un violon d'Ingres – un « passe-temps », comme dit sa fille avec un petit sourire ironique et un brin de dédain. Dans sa bouche, l'expression paraît vulgaire et stérile. Elle ne comprend rien.

Omar aime ce passe-temps, il l'a toujours aimé – et sa fille aussi, autrefois, quand elle n'était encore qu'une fillette aux grands yeux facilement émerveillée. Intellectuelle jusqu'au bout des ongles, les travaux manuels ne sont pour l'adulte qu'elle est devenue que le pis-aller de gens simples et incultes. Omar se sent rabaissé par le jugement de sa fille. Il aimerait pouvoir se persuader que ce n'est qu'une façade. La vérité, c'est qu'elle a perdu le sens des vraies valeurs.

Ce matin, Omar a hâte de se remettre à la tâche et d'oublier la neige, l'hiver et ses souvenirs pour faire sortir, de ses doigts encore habiles, un cheval à bascule du gros morceau de bois qu'il a récupéré la semaine précédente, sur un coup de tête, sur le trottoir, au milieu des poubelles. Omar sculpte avec amour, au rythme lent de ses mains douloureuses. Il coupe, ponce, cisèle, sans jamais se lasser. Chacune de ses créations le rend heureux, même les plus petites et les plus insignifiantes, comme l'oiseau pas plus gros que son pouce qui est sorti le mois dernier d'une branchette noueuse ramassée sous l'érable du coin de la rue et qui le fixe aujourd'hui d'un œil malicieux, depuis le haut de l'étagère du salon – encombrée de toutes sortes de babioles du même genre.

Dans la quiétude de son chez-lui, Omar est un artiste. Personne ne le sait plus, à part sa fille qui choisit de l'ignorer.

CHARLOTTE

Charlotte boude. Sa mère n'a pas voulu qu'elle mette des guimauves dans son chocolat et la fillette fait la tête. Sa mère n'a jamais le temps de s'occuper d'elle, et quand elle le fait, c'est toujours pour lui interdire quelque chose ! Charlotte n'est plus une petite fille. Elle est grande maintenant, ce n'est d'ailleurs pas elle qui le dit et le répète. Sauf que sa mère semble parfois avoir une mémoire sélective à ce sujet, et « grande » sonne alors comme un reproche ou un synonyme de « tâche ennuyeuse à accomplir seule ».

Charlotte a dix ans, et elle trouve que sa mère exagère. Cette dernière est bien trop occupée par ses « responsabilités professionnelles » – encore une autre de ses expressions favorites – pour voir grandir sa fille. Charlotte est souvent livrée à elle-même. Elle se débrouille d'ailleurs très bien. Elle sait se préparer une collation sommaire quand elle a faim – essentiellement à base de pain, de lait et de chocolat. Elle n'oublie jamais de se laver les dents, deux fois par jour. Chaque soir, elle pense à préparer des vêtements qu'elle pose sur la chaise à côté de son lit. Comme ça, le matin, elle n'a pas besoin de réfléchir. Charlotte a un goût vestimentaire très personnel, elle aime les couleurs vives et n'hésite pas à superposer des pièces criardes.

Une fois par mois, Charlotte va passer une fin de semaine chez son père et sa nouvelle compagne, à l'autre bout de la ville. La fillette s'entend bien avec son père et trouve que sa belle-mère est plutôt gentille, mais elle ne peut pas s'empêcher d'être désagréable avec eux. Ce n'est pas de sa faute, à elle, si son père est parti. Elle lui en veut. Charlotte rêve parfois qu'il revient à la maison et que la vie reprend comme avant. Mais très vite, sa bulle de rêve éclate quand elle repense à ces mois remplis de disputes, de silences coupants comme des lames de rasoir, entrecoupés de portes claquées, et aux mots glacés que ses parents échangeaient quand ils la croyaient endormie. La fillette fait de son mieux pour s'accommoder de la situation, mais elle n'y arrive pas toujours. Elle sait bien qu'elle n'est pas la seule à avoir des parents divorcés et que ce n'est pas la fin du monde. Seulement voilà, Charlotte est timide, et depuis qu'elle et sa mère ont déménagé, elle s'est fait peu d'amis. À l'école, on la regarde en coin et dans l'immeuble, il n'y a pas d'autres enfants. Charlotte s'ennuie et trouve souvent le temps long. Peu à peu, elle oublie comment s'amuser.

Charlotte va soigneusement poser dans l'évier son bol de chocolat – avalé jusqu'à la dernière goutte, la bouderie a ses limites. Pour marquer son mécontentement, elle décide de ne pas dire au revoir à sa mère, ce matin. Mais celle-ci part en coup de vent, pressée et anxieuse, comme d'habitude, sans même remarquer le silence buté de sa fille. Charlotte pousse un profond soupir, puis va se laver les dents. Ensuite, elle prend son cartable, vérifie soigneusement son contenu, puis elle enfile ses bottes et son gros manteau. Avant de partir, elle retourne dans la cuisine, tire une chaise en face de la cuisinière, grimpe dessus et attrape quelques carrés de chocolat dans le placard du haut – celui où elle sait que sa mère cache les plaques. Charlotte ne cherche même pas à réfréner son envie. Cela fait des mois qu'elle grignote en cachette, à tout moment de la journée. Au début, les douceurs sucrées lui procuraient un certain réconfort. Aujourd'hui, c'est devenu une seconde nature. Et le résultat de ses fringales est à présent bien visible : elle a pris beaucoup de poids. Elle n'est plus simplement une fillette adorablement potelée. Charlotte elle-même commence à se rendre compte que quelque chose ne va pas : en cours de sport, elle est systématiquement mise à l'écart et les autres enfants rient de ses bourrelets et de sa maladresse. Charlotte ne sait pas comment y faire face. Elle se met dans un coin et se console en mangeant des bonbons, mécaniquement. Le réconfort attendu ne vient pas toujours et, parfois, Charlotte pleure. Pas plus tard qu'avant-hier, alors qu'elle cherchait à s'isoler des autres enfants, en se cachant derrière la haie enneigée qui borde la cour de l'école, deux grands l'ont aperçue. Ils lui ont volé ses bonbons en ricanant, et ils ont dansé autour d'elle en la traitant de « clown débile » et « de stupide *jelly* ». L'attitude des garçons atteint la fillette plus que les mots, qu'elle ne peut s'empêcher de changer en images. La *jelly*, c'est réconfortant, coloré comme un arc-en-ciel. C'est joli, un arc-en-ciel. C'est comme un sourire du ciel après la pluie…

Malgré toute l'indifférence qu'elle s'efforce d'afficher dans ce genre de situation – en serrant bien fort les paupières pour ne pas pleurer –, Charlotte aimerait pouvoir se défendre. Peut-être pourrait-elle demander à son père de lui montrer comment faire, même si, au fond d'elle-même, la fillette doute qu'il puisse lui être d'un grand secours. Le père de Charlotte est plutôt du genre complet-veston cravate, irréprochable même le dimanche. Charlotte ne le voit vraiment pas décocher un coup de poing à qui que ce soit. Elle envie les enfants dont les parents, plus décontractés, portent des T-shirts et des jeans. Ils ont l'air tellement plus *cool* que les siens ! Même sa mère, pourtant aveugle aux tenues clownesques de sa fille, porte un soin maniaque aux siennes. Maquillage, talons hauts, tailleur. C'est une belle femme, une mère monoparentale active et qui a des responsabilités. Res-pon-sa-bi-li-tés, comme Charlotte déteste ce mot ! Elle l'entend constamment, plusieurs fois par jour. La fillette est fatiguée des responsabilités de sa mère, qui en oublie les priorités d'une vie de famille. Seulement voilà, ils ne sont plus une famille. Comment font les autres ? À l'école, ils ont tous l'air d'enfants normaux – heureux. Quelques-uns se tiennent bien un peu à l'écart, comme elle, parce qu'ils n'appartiennent à aucun groupe, mais Charlotte ne veut pas leur ressembler. Elle trouve leurs efforts pour plaire et s'intégrer pitoyables.

Charlotte a découvert récemment le concept d'intégration, qui reste encore un peu flou à ses yeux. Lors d'un cours de français, un de ses professeurs s'est impulsivement lancé dans un aparté sur la place des minorités dans la société actuelle. Charlotte a eu du mal à tout saisir : elle est blanche et ne fait donc techniquement partie d'aucune minorité. Elle appartient pleinement à la société – ou à l'école, comme l'a fait remarquer l'enseignant en ramenant ses explications à une échelle plus appropriée. En cela, elle est donc comme tous les autres. Elle ne voit pas où est le problème. Dans son cas, ce n'est pas elle qui ne veut pas des autres enfants, ce sont les autres enfants qui ne veulent pas d'elle. Si au moins elle pouvait avoir de bonnes notes, on la respecterait et sa mère serait fière d'elle. Charlotte est pleine de bonne volonté. Elle tente bien de s'appliquer, quand elle n'est pas en train de rêver ou de voguer dans un univers parallèle qui lui est propre. Elle perd régulièrement des pans entiers de cours, les yeux dans le vague, la main sagement posée sur son cahier, le stylo dans la bouche. Malgré son allure générale étrange et un peu déconcertante, la fillette ne perturbe pas le déroulement des classes. Ses professeurs l'oublient.

Aujourd'hui, Charlotte est encore plus distraite que d'habitude. Elle a toujours adoré la neige, et les gros flocons duveteux qui tombent, dehors, ont un attrait presque irrésistible. Elle voudrait pouvoir lever son visage vers le ciel, ouvrir bien grand la bouche et laisser les flocons fondre sur sa peau, sur sa langue. À cette idée, Charlotte laisse par inadvertance échapper un petit rire, qui se bloque dans sa gorge face au regard sévère du professeur. Tout le monde la regarde. La fillette baisse la tête, penaude, et se retire en elle-même. Personne ne l'entend plus de toute la journée. Et quand l'école se termine, elle est la première à sortir, sans même prendre la peine de lacer correctement ses bottes ou d'enfiler ses gants. Charlotte ne craint pas le froid. Elle aime sentir le picotement de l'air glacial sur ses joues, la légèreté de la neige sur ses chaussures et dans ses mains. L'esprit ailleurs, elle prend lentement le chemin de son nouveau chez-elle, cet appartement qui n'est pas – encore ? – vraiment le sien. Le divorce finalisé, son père a gardé la maison. Sa mère n'en avait pas voulu : elle tenait à prendre un nouveau départ.

Leur nouveau logement, bien que petit, est douillet et lumineux, mais Charlotte se sent toujours comme une étrangère dans ce nouvel environnement. Tous ses repères rassurants de petite fille ont disparu d'un seul coup. Pourtant, il y a des choses qu'elle aime dans cet endroit, comme l'escalier de secours, à l'arrière du bâtiment. Il est tout rouillé et ne sert jamais, mais Charlotte aime bien aller s'y asseoir pour s'isoler, se cacher, rêver... et parfois, pleurer.

Souvent, la mère de Charlotte s'attarde au bureau et rentre tard. Par souci de commodité, elle demande alors à une voisine de palier de garder un œil sur sa fille. Ce n'est pas vraiment une « gardienne », la fillette étant assez grande pour rester seule quelques heures. La voisine se contente d'une surveillance à distance. C'est une dame entre deux âges, une vieille fille sans enfant et au regard peu avenant, qui passe de temps à autre vérifier que tout est en ordre, sans jamais aller plus loin que le vestibule de l'appartement. Elle ne quitte jamais ses gants en caoutchouc et refuse de toucher à quoi que ce soit à mains nues hors de chez elle, « pour se protéger des germes. » Charlotte est mal à l'aise en compagnie de cette femme un peu bizarre et très froide qui sent toujours la javel. Cependant, la présence de cette voisine suffit à rassurer sa mère. La fillette ignore ce que celle-ci redoute; il ne se passe jamais rien, dans cet immeuble. Elle se demande parfois si sa mère remarquerait même son absence si elle décidait de fuguer. Quand cette idée lui vient, elle tente d'imaginer la vie avec son père. Mais la fillette ne supporte pas l'idée d'abandonner sa mère, qu'elle adore. Celle-ci, qui a toujours l'air fatigué depuis le divorce et le déménagement, a besoin d'elle. Il faut avouer aussi que Charlotte n'est plus aussi proche de son père qu'avant et qu'elle craint la cohabitation quotidienne avec sa « belle-mère ». Son choix est fait.

Autant par curiosité que pour s'occuper, Charlotte cherche à mieux connaître les résidents de son immeuble. Pour l'instant, ce n'est guère concluant, entre sa voisine maniaque de propreté, le grand Noir mystérieux et un peu inquiétant du dessus, qui sort toujours la nuit, ou encore le couple qui n'arrête pas de s'engueuler, au dernier étage. Ceux-là, elle entend régulièrement résonner leurs disputes dans toute la cage d'escalier. Les autres locataires, elle ne les voit ni ne les entend jamais. Si, maintenant qu'elle y pense, elle a croisé un vieux monsieur l'autre jour en rentrant de l'école. Il sortait d'un appartement du premier, un sac-poubelle à la main. Intimidée, Charlotte s'est cachée dans un coin pour l'observer sans se faire remarquer. Il marchait lentement, à petits pas, le dos bien droit mais, malgré sa stature, il semblait bien fragile.
Cet homme-là l'intrigue et, même s'il lui fait un peu peur, elle trouve qu'il dégage quelque chose de doux – un peu comme un grand-père.

1re PARTIE

1 – Rencontre

Omar repose doucement le combiné de son vieux poste téléphonique. Il vient d'appeler le magasin pour remercier de la livraison. Il sait bien que plus personne ne le fait et qu'il passe pour un vieil excentrique. Tout se perd dans ce monde qu'il a du mal à suivre. Pourtant il s'entête, semaine après semaine. On lui a appris que la politesse était une valeur essentielle, et pour lui, ça ne changera jamais. Le gérant du magasin s'est étonné, au début. Puis les appels d'Omar l'ont rapidement agacé. Avant de l'amuser. Aucun autre gérant de sa connaissance ne peut se targuer d'avoir un client aussi original. Et il sait, par ses commis, que le vieil homme vit seul. Alors il tient à prendre les appels du vieil homme et à l'écouter quelques minutes. Cela ne coûte rien. Et, chaque fois, l'espace d'un instant, la voix granuleuse et rocailleuse de son client lui fait penser à du sable emporté par le vent.

Lentement, Omar range ses achats. Le frigo et les placards sont à moitié vides alors même que le contenu des sacs d'épicerie a trouvé sa place sur les étagères. Le vieil homme picore comme un moineau et il n'aime pas gaspiller. Il préfère acheter peu mais plus souvent. Son rangement sommaire terminé, Omar s'assoit. Il se sent un peu accablé. Comme chaque fois, le livreur a décliné son offre d'entrer quelques minutes pour un café. Non seulement cela (Omar commence à être habitué, si l'on peut jamais s'habituer), mais aujourd'hui le commis était un petit jeune à la langue bien pendue, tout juste sorti de l'adolescence et qu'Omar n'avait encore jamais vu. Sans chercher à masquer son ennui ni son impatience, il a lancé à Omar, d'une voix narquoise, une phrase qui a laissé celui-ci sans voix : « Ne le prenez pas mal, mon vieux, mais des comme vous, j'en vois pas souvent. » Qu'on lui donne familièrement du « mon vieux » ne gêne pas Omar : c'est une expression passe-partout et, surtout, c'est ce qu'il est. Mais qu'on le définisse par des termes aussi vides et aussi flous que « comme vous », cela le dépasse. Comme quoi ? Un vieux cacochyme rabat-joie, tout juste assez bon pour payer ? Et comment peut-on « perdre du temps » ? Le temps ne se perd pas : il se savoure, il s'offre, il se prend. Cette simple phrase, bien innocente pour le jeune livreur, laisse Omar profondément perplexe : ressemble-t-il donc à un produit périmé tassé au fond d'un placard et qu'on garde dans un coin, sans oser le jeter ? Une fois le livreur parti, le vieil homme se morigène. Ses pensées sont idiotes et complètement disproportionnées. Pour remettre les choses en perspective, il se demande alors quel genre de produit il pourrait bien être. Un produit en conserve, c'est sûr. Du *corned-beef* ? Non, plutôt des cœurs d'artichaut, si tendres... et un peu poilus.

Le sourire revient sur son visage parcheminé.

Dans la cage d'escalier, Charlotte ôte ses gants détrempés. Tout au long du chemin qui la ramenait de l'école, elle n'a cessé de lancer dans les airs de grosses poignées de neige toute fraîche, à pleines mains, pour ensuite essayer de rattraper les flocons avec sa bouche. Ses cheveux dégoulinent, ses chaussures commencent à prendre l'eau et, maintenant qu'elle n'est plus prise par son jeu, elle commence à ressentir le froid. Elle se hâte, soudain impatiente d'arriver. À cette heure-là, sa mère est probablement toujours au bureau. Charlotte va pouvoir s'empiffrer de chocolat chaud aux guimauves pour le goûter, et elle en salive d'avance. Elle n'éprouve plus aucun remords depuis qu'elle a entendu sa mère dire à une de ses amies, lors d'une conversation téléphonique quelque peu exaltée, que « le chocolat est euphorisant. » La fillette a dû chercher la signification de ce dernier mot dans son dictionnaire, en tâtonnant sur l'orthographe exacte. Elle a fini par trouver : « euphorisant – qui donne un sentiment d'euphorie ». Charlotte a poussé un profond soupir, avant de se replonger dans sa recherche. Quand elle a compris qu'euphorie signifiait « état de bien-être », elle a gloussé : le chocolat donne le sourire. Alors pourquoi s'en priver ?

La fillette n'est pas pleinement consciente de son problème de poids. Elle a bien remarqué, depuis quelque temps, que ses vêtements « rétrécissaient » dans tous les sens : longueur, hauteur, largeur. Elle grandit, mais il n'y a pas que cela. Les magazines que sa mère ramène parfois à la maison et que Charlotte feuillette distraitement regorgent de régimes et de conseils pour perdre quelques kilos, mais tout semble si compliqué ! La fillette a bien essayé de se retenir et de diminuer le nombre de ses razzias dans le frigo ou la quantité de nourriture ingérée. Cependant, après plusieurs semaines de vains efforts qui la rendaient encore plus malheureuse, elle s'est finalement dit que, peut-être, si elle continuait à manger et qu'elle devenait suffisamment grosse, sa mère finirait par la voir. Dans le fond, c'est peut-être une bonne chose, car rien de ce qu'elle a pu faire jusqu'à présent ne semble avoir réussi à capter l'attention de sa mère plus de quelques minutes ou quelques heures. C'est bien peu, et tout est toujours à recommencer.

Récemment, la fillette a poussé un cran plus loin ses tentatives. Ce soir-là, sa mère était à la maison, et Charlotte se rappelle qu'elle refusait de jouer avec elle ou de prendre quelques minutes pour s'asseoir à la cuisine et partager son goûter, sous prétexte qu'elle avait du retard dans ses dossiers et qu'elle devait travailler. Frustrée et furieuse, Charlotte était sortie en silence de l'appartement, puis elle s'était laissée tomber dans l'escalier en faisant le plus de bruit possible, pour obliger sa mère à réagir. L'idée, quelque peu saugrenue, lui était venue après qu'une des résidentes de l'immeuble avait laissé échapper son panier à provisions dans l'escalier. Le ramdam que le contenu du sac avait provoqué en rebondissant sur les marches et sur les murs avait fait sortir tout le monde sur le palier – y compris sa mère. Mais tout ce que sa chute avait rapporté à Charlotte, c'était cinq heures d'attente aux urgences de l'hôpital le plus proche, un bras en sang et, une fois passée l'inquiétude initiale, la colère de sa mère. La fillette n'avait pas compris que cette colère ne lui était pas destinée : sa mère avait eu très peur, et elle se sentait coupable de ne pas pouvoir, pour le moment, faire plus pour sa fille – le temps de réorganiser sa vie et de leur assurer, à toutes deux, un certain confort matériel. Charlotte, elle, avait cru que sa mère la blâmait, une fois de plus. Sa mère qui, pour ne pas manquer une réunion tardive mais hyper importante à laquelle elle venait tout juste d'être convoquée, l'avait « abandonnée » à l'hôpital, aux bons soins des médecins et des infirmières. Bien sûr, elle avait entre-temps prévenu son ex-mari, et celui-ci avait pris le relais auprès de sa fille. Il n'était pas venu seul, cependant, au grand dam de Charlotte : sa nouvelle compagne était là, elle aussi, toute pleine de gentillesses et d'attentions que la fillette ne pouvait s'empêcher de trouver malvenues. Pleine de rage, Charlotte l'avait mentalement maudite. Ce n'était pas très gentil, et elle avait aussitôt eu honte. Mais le mal était fait : la fillette s'était trouvée encore plus nulle que d'habitude.

Charlotte avait tiré une leçon de cette mésaventure : se blesser n'était pas une solution. Elle n'aimait pas avoir mal et, surtout, elle n'aimait pas le sang. Elle avait alors décidé de changer de tactique. Pour être vue, il faut être voyant. C'est ainsi que, pendant quelque temps, elle avait accentué l'originalité de ses tenues, en superposant allègrement des pièces de vêtement rouges, jaunes et vertes, sans égards pour la complémentarité ou l'harmonie des couleurs. Elle n'avait pas osé, cependant, aller jusqu'à emprunter le maquillage de sa mère pour parfaire le tout. Trop coûteux, trop risqué. Charlotte était suffisamment maligne pour savoir qu'elle ne devait en aucun cas toucher à quelque chose qui semblait avoir une réelle importance pour sa mère, sous peine de rater complètement son but – se signaler à l'attention de sa mère – et de se faire réprimander. Sa mère lui avait bien expliqué, le jour où elle l'avait surprise à faire la moue devant tous ses produits de beauté : « Tu comprends, ma puce, il faut que j'aie l'air parfaite si je veux réussir dans ce monde d'hommes. » Charlotte trouvait que sa mère était plus jolie au naturel, mais elle avait aussi compris que tous ces artifices avaient une utilité certaine aux yeux de celle-ci – laquelle, cela restait un peu flou pour l'enfant, mais elle n'en avait plus jamais reparlé.

Au final, ses tenues vestimentaires colorées ne lui avaient pas plus permis d'atteindre son objectif que tout le reste. L'inondation dans la salle de bain, les fonds de casserole brûlés, rien n'y avait fait. Charlotte avait fini par baisser les bras.

Aujourd'hui, la fillette se demande s'il reste assez de guimauves. Après chacune de ses fringales de sucre, elle prend soin de remettre soigneusement le paquet au fond du placard, pour que sa mère ne s'en aperçoive pas. De temps à autre, elle en rachète discrètement un, en même temps que le pain et le lait qu'elle prend au magasin du coin de la rue. Mais l'autre jour, elle a oublié. Plus grave, cette semaine sa mère ne lui a pas laissé d'argent pour les courses. Charlotte soupire, puis enfonce la main dans sa poche à la recherche de sa clé. Elle n'y trouve rien d'autre qu'un vieux mouchoir usé et quelques emballages de bonbons, vides et collants. Agacée, elle fouille son autre poche. D'habitude, elle évite d'y mettre quoi que ce soit car le tissu est abîmé. Ce jour-là, elle se rend compte avec angoisse que le tissu a fini par céder et que la poche est bel et bien trouée. L'espace n'est pas large, mais une clé, ce n'est pas bien gros non plus. Charlotte grimace et refuse de croire qu'elle a pu se montrer aussi étourdie. Elle fouille de nouveau ses poches, de plus en plus frénétiquement. Impossible de mettre la main sur cette fichue clé. Elle enlève son blouson, retourne même méthodiquement les poches de son sac, l'une après l'autre, en s'obligeant au calme malgré sa panique croissante. Rien ! Elle va se faire gronder, c'est certain; en plus, son manteau dégouline et une flaque qui menace de se changer en mare inonde le palier. Charlotte sent les larmes lui monter aux yeux, piquantes et brûlantes. C'est de sa faute, elle s'est montrée irresponsable. Elle ne sait plus quoi faire, tout d'un coup. Et elle redoute bien plus la réaction de sa mère que l'éventuelle punition qu'elle devra subir. Elle se met à sangloter sans pouvoir se retenir.

À l'étage en dessous, Omar a entrebâillé sa porte. Il trouve qu'il y a bien du bruit, aujourd'hui ! Les allées et venues en plein milieu de la journée sont assez rares dans l'immeuble, la plupart des locataires étant absents à cette heure-là. Omar tend l'oreille et tente de deviner qui est monté et à quel palier. Il y a eu tellement de vols dans le quartier ces derniers temps que tout le monde est devenu un peu paranoïaque, et le vieil homme, méfiant, préfère se montrer prudent. Cela ne peut pas faire de tort. Certes, par sa fenêtre, il a bien vu passer la petite fille du deuxième, toute trempée. Cette enfant est étrange : elle est toujours toute seule, et il ne se rappelle pas l'avoir jamais entendue rire ou crier. Elle aurait bien besoin de se dépenser un peu plus et de perdre un peu de ces kilos disgracieux et gênants qu'elle empile avec constance. Omar hausse les épaules; ce ne sont pas ses affaires. Se disant que la fillette a simplement dû se montrer plus bruyante qu'à l'accoutumée, il s'apprête à refermer le battant de sa porte quand il bloque soudain son geste et s'immobilise, silencieux. Il écoute attentivement. Il reconnaît soudain le léger bruit qu'il perçoit, si faible qu'il est à peine audible : c'est celui d'une détresse. Cette plainte sourde, un peu haletante, ce sont des sanglots qui font remonter à sa mémoire le souvenir des semaines ayant suivi la mort de sa femme et des pleurs de sa propre fille, emplie d'une tristesse qui semblait ne jamais vouloir passer. À force de tendresse et d'attention, les pleurs avaient fini par cesser, mais son dévouement n'avait jamais pu effacer totalement l'absence maternelle. Malgré les années, Omar reconnaîtrait ce bruit entre mille. Le bruit infime de quelqu'un qui pleure doucement dans son coin, sans déranger personne – ou presque. Après un moment d'hésitation, le vieil homme referme tout doucement sa porte. Ce n'est pas sa fille. Pourtant, il est incapable de retourner vaquer à ses occupations et il se surprend à rester là, derrière le battant refermé, à tendre l'oreille vers l'étage supérieur, la main toujours posée sur la poignée. Soudain, il se décide : il ne peut pas laisser la gamine comme ça, toute seule, et personne ne semble l'avoir entendue à part lui.

Omar sort, sans prendre la peine de remplacer ses pantoufles par des chaussures, et monte péniblement l'escalier. Agrippé à la rampe – il ne veut surtout pas glisser –, il progresse lentement vers le bruit étouffé des sanglots de la fillette. Une marche après l'autre, Omar finit par déboucher sur le palier de l'étage supérieur. Dans un angle, il voit ce qui ressemble de prime abord à un tas de linge sale et détrempé, appuyé contre une porte. L'enfant est recroquevillée, la tête sur les genoux, les bras serrés autour des jambes. Elle ne bouge pas, mais ses épaules sont secouées de spasmes. Omar s'approche doucement, se penche autant qu'il le peut et entonne instinctivement une ancienne berceuse dans sa langue natale, d'une voix gutturale et un peu chevrotante. La fillette relève la tête en ouvrant de grands yeux surpris et un peu apeurés sur le vieil homme courbé vers elle. À travers le brouillard de ses larmes, elle reconnaît le vieux monsieur du premier, celui qu'elle croise parfois sans jamais lui parler. Elle a beau essayer de se concentrer, elle ne comprend rien de ce qu'il marmonne, mais elle se laisse bercer par sa voix douce et profonde. Hypnotisée, elle le fixe et se balance au rythme de la mélopée. L'air est apaisant, léger comme un vent chaud, doux comme un petit soleil dans son cœur tout gris. Pendant quelques minutes, toute l'attention de la fillette se concentre sur la chanson et tout le reste disparaît momentanément : la perte de sa clé, le froid, sa détresse.

Au bout d'un moment, un frisson secoue le corps de Charlotte et la ramène brutalement à la réalité. Le vieil homme cesse aussitôt de chanter, et il lui tend la main. La fillette hésite, puis blottit sa propre main, si fine et glacée, dans la paume rugueuse et chaude d'Omar. Le vieil homme l'aide à se lever, et tous deux redescendent l'escalier côte à côte.
C'est à présent la fillette qui soutient le vieillard aux jambes peu assurées, et pendant un bref instant, elle se sent pénétrée d'une importance nouvelle. Ses larmes tarissent peu à peu, leurs sillons marquant ses joues rebondies de traînées brillantes. Omar s'appuie légèrement sur Charlotte, et il a l'impression de sentir une chaleur nouvelle dans sa main, qui remonte le long de

son bras, vers sa poitrine et son cœur fatigué. La petite main dans la sienne lui rappelle une autre main semblable, il y a bien longtemps.

Sur le palier, devant la porte d'Omar, Charlotte marque un temps d'arrêt. Elle n'est jamais entrée chez un inconnu, et sa mère lui a toujours répété de faire attention, de ne jamais se laisser entraîner par quelqu'un qu'elle ne connaît pas. Elle se raidit. Le vieillard semble comprendre son hésitation. Il lâche sa main, hausse les épaules et rentre chez lui sans rien dire, mais en laissant la porte ouverte derrière lui. Charlotte réfléchit quelques instants, immobile sur le palier. Elle se dit qu'elle est suffisamment grande et forte pour se défendre, si jamais le vieux veut la forcer à « faire des choses » – encore une expression de sa mère qu'elle ne comprend pas bien. Mais il n'a rien fait de mal. Au contraire, il s'est montré gentil avec elle. Charlotte finit par entrer dans l'appartement. L'entrée est sombre, l'intérieur petit, propre et bien tenu. La fillette s'oblige à ne pas tout détailler autour d'elle – c'est impoli – et elle rejoint le vieillard dans sa cuisine. Il est assis, il l'attend. Avec un grand sourire, il lui tend la main : « Je m'appelle Omar. » Solennelle, la fillette serre la main tendue et répond d'une voix sérieuse : « Moi, c'est Charlotte. » Les présentations ainsi faites, elle s'assoit.

Le reste de neige pris dans ses vêtements tombe et, sous elle, une flaque commence aussitôt à se former.

2 – Réflexions

Louis somnole sur son lit en attendant l'heure de partir travailler. Sa profession, si elle n'est pas de foi, fait partie de celles que peu de gens envisagent pour leur avenir, et qu'encore bien moins envient : Louis est gardien de nuit dans un immeuble commercial, en centre-ville. Autrement dit, il est responsable de la surveillance des locaux : il fait des rondes régulières dans le bâtiment, à heures fixes, sanctionnées par une carte de pointage; il ouvre les portes à tous les visiteurs tardifs, non sans avoir au préalable vérifié et noté leur identité. La plupart du temps, ces visiteurs sont de simples femmes de ménage, parfois un avocat ayant oublié un dossier sur son bureau ou désireux de travailler au calme sur son argumentaire pour un prochain procès.

La nuit, il ne se passe rien de palpitant ni de très demandant. Tout est calme et morne. Les rondes de Louis empruntent toujours le même trajet, suivant en cela les exigences pointues énumérées sur sa fiche de fonction. Cette routine convient bien à Louis, qui aime regarder le temps passer, le claquement de ses pas rythmant le passage des minutes et des heures, tel un métronome dont rien ne vient troubler le mouvement. Au début cependant, Louis a eu de la difficulté à s'habituer à la noirceur et au décalage de sa vie entière; il vit la nuit et dort le jour par obligation professionnelle plus que par choix. Au fil du temps, il a fini par trouver des repères dans cette existence, à tel point qu'il a oublié comment profiter de ses journées de congé, qu'il passe souvent en solitaire.

Aujourd'hui, Louis se sent particulièrement épuisé. Il n'a pas réussi à dormir après la découverte du corps de Claudia. À peine rentré chez lui, il s'est laissé tomber sur une chaise et il a subi de plein fouet un violent choc nerveux, d'autant plus violent qu'il avait réussi, jusqu'alors, à réprimer ses sentiments et à éviter toute réaction intempestive. Tout au long de cette nuit interminable, Louis avait su garder son calme. Et même dans le refuge de son chez-lui, à l'abri de tout regard indiscret, Louis a d'abord tenté de résister à la vague d'émotion qui menaçait de le submerger, avant de la laisser déferler, vaincu. Dans une vaine tentative pour ne pas se laisser totalement emporter, il s'est agrippé de toutes ses forces, des deux mains, au bord de sa chaise, si fort et si longtemps que ses jointures sont devenues blanches. Quand il a enfin senti la douleur dans ses doigts, il a relâché sa prise, étonné et un peu groggy. Une heure s'était enfuie, perdue dans un espace-temps dont Louis n'avait aucun souvenir précis, un brouillard dense dont seule émergeait une sensation diffuse de souffrance et de peine. Il s'est alors forcé à manger, à se laver, à s'allonger. Comme il le fait chaque matin, en rentrant chez lui. Il pensait qu'il lui serait ainsi plus facile de se ressaisir.

Il s'est trompé. Et malgré tous ses vœux, le sommeil s'est refusé à lui. Son corps ne pouvait rien contre son esprit, bien trop agité. Louis pouvait entendre les battements de son cœur résonner dans sa poitrine comme de véritables coups de tambour. Des battements rapides qui ressemblaient au bruit des ailes d'un oiseau affolé cognant contre les barreaux de sa cage, et qu'aucune technique de respiration ne parvenait à calmer. Les heures se sont succédé. Louis a vaguement eu conscience des bruits familiers de son immeuble : le martèlement de pieds dans les escaliers, les portes claquées, les voix qui percent l'isolement fragile des murs – des vociférations et des disputes, comme d'habitude, dans l'appartement du dernier étage, celui qui se trouve juste au-dessus de chez lui. Il se sent épuisé, comme engourdi. Immobile sur son lit, il attend. C'est tout ce dont il se sent capable, pour le moment.

Il ne ressent plus rien envers Claudia; cela fait trop longtemps qu'elle est perdue pour lui. Mais sa disparition fait remonter bien trop de choses à la surface de sa conscience. Las, ses yeux secs et brûlants finissent par se fermer d'eux-mêmes.

Et Louis sombre dans une torpeur cotonneuse dans laquelle le temps se délite, mais dont il est soudain tiré par un bruit plus fort que les autres. Il sursaute, incapable dans un premier temps de se rappeler clairement où il se trouve. Puis le bruit se répète, dehors. Louis écoute quelques minutes, aux aguets, tendu et encore un peu perdu. Il n'entend plus rien et il se dit qu'il a rêvé ou que, peut-être, un chat égaré en quête d'un peu de nourriture pour affronter l'hiver vient de renverser les poubelles, dans la ruelle. Il se lève, sonné comme un boxeur après son ultime combat, et se dirige aussitôt vers la cafetière. Un regard sur sa montre-bracelet lui apprend qu'il est bientôt l'heure de repartir travailler. Il n'a pas le choix, aujourd'hui il va lui falloir ingérer des tonnes de caféine s'il veut tenir le coup toute la nuit. Une nuit qui s'annonce longue et difficile, car les souvenirs affluent maintenant sous son crâne. Louis voudrait tant les oublier, les renvoyer d'où ils viennent sans y prêter attention. Mais c'est impossible, et dans ces circonstances l'obscurité est sa pire ennemie. Louis pousse un profond soupir, fataliste, et termine sa deuxième tasse de café. Chaque chose en son temps. Il jette un œil dehors, la nuit n'est pas encore tout à fait tombée et il a des choses à faire avant de prendre son service.

Louis veut passer voir Khaled. L'idée lui trotte dans la tête depuis quelque temps déjà. Aujourd'hui, la disparition de Claudia agit comme un déclic, qui le pousse à passer à l'action, même s'il sait que c'est sans espoir. Pourtant, au fond de lui, il voudrait encore y croire.

Khaled. Il l'aime bien, ce gamin. Non, se corrige-t-il, pas un gamin – *plus* un gamin. C'est presque un adulte, à présent. Ce soir, c'est la dernière fois qu'il va chercher à le voir, à lui parler. De cela, il en est sûr : il est déjà trop tard pour tout le reste, et Khaled n'a probablement aucune envie d'entendre un autre de ses sermons. Louis a simplement besoin de lui dire au revoir. Ou cherche-t-il à soulager sa conscience ? Quelle importance, puisque ce soir, ce sera la dernière rencontre. Une de plus, qui viendra mettre un point final à une longue liste de discussions qui se font de plus en plus à sens unique.

Louis se souvient de l'enfant que Khaled a été, un enfant dans lequel il avait cru voir son propre reflet. Abandonné, placé, Khaled avait connu une longue succession de foyers et de familles d'accueil, souvent plus intéressées par l'indemnité qui venait avec la garde de l'enfant que par l'enfant lui-même. Très tôt, le gamin avait commencé à fuguer et à traîner dans les rues. Par défi tout autant que par désœuvrement, il s'était acoquiné avec de la mauvaise engeance et avait commencé à glisser sur une pente savonneuse, mais si banale en vérité. Louis l'avait rencontré par hasard dans la rue, en rentrant chez lui aux petites heures du jour. Les débuts avaient été difficiles, plein de méfiance et de crainte. Mais Khaled s'était peu à peu laissé apprivoiser par cet homme étrange, ce grand Noir au visage triste qui ne demandait jamais rien et semblait avoir eu son lot d'espoirs déçus, lui aussi.

De son côté, Louis s'était accroché à l'idée de sortir le môme de la rue, comme il en était lui-même sorti en son temps. Il avait bien failli réussir, mais la rue ne lâche pas prise facilement. Elle avait fini par rattraper le gamin, qu'elle s'était empressée de dévorer et de broyer. Louis connaît, mieux que quiconque, le prix à payer pour s'en sortir et le courage que cela demande. Il sait aussi que chacun est libre de choisir sa voie. Et Khaled a tranché : il a préféré la vie tumultueuse et dorée, illégale et dangereuse, qui lui tendait les bras, à des années de labeur et d'efforts aux résultats incertains. L'adolescent lui a glissé entre les mains comme une anguille, et Louis ne le croise presque plus. Il regrette que les choses ne se soient pas passées différemment. Il faut croire que le Sauveur en lui n'avait pas complètement disparu, même si, pour bien des choses, Louis semble avoir baissé les bras. Il mène une vie quasi monastique, seul dans sa bulle. Il n'y a plus personne à sauver, mais plus personne qui compte, non plus. Cela fait moins mal.

Louis avait des rêves autrefois, même s'il n'arrive pas toujours à s'en rappeler.

Louis sourit tristement. Sa dernière rencontre avec Khaled remonte à plusieurs mois, mais il ressent soudain le besoin de le voir, malgré la fin de non-recevoir qui l'attend. Ou peut-être à cause de celle-ci. Inconsciemment, Louis est poussé par un besoin pressant de tourner la page sur son passé et ceux qui en ont fait partie. Le môme lui a définitivement échappé, les dés sont jetés et Louis n'y changera strictement rien. Il n'empêche, il veut le voir. Il n'a aucune idée de ce qu'il lui dira s'il le trouve, ni de sa réaction. Autrefois, Louis a eu de l'influence sur l'enfant, mais depuis que Khaled a entamé l'adolescence, cette influence a fondu comme neige au soleil. Éclipsée par le miroitement de pouvoir et, surtout, d'appartenance aux gangs de rue. Le môme s'est enfin trouvé une famille, aussi tordue et factice soit-elle. Ou du moins veut-il le croire de toutes ses forces, et au final, cela revient au même.

Louis inspire, puis expire profondément en enfilant ses godillots. Il se concentre sur sa respiration, chasse ses questions et ses doutes, se vide l'esprit afin de se préparer à ce qui l'attend. Puis, il sort de chez lui, un thermos de café et quelques sandwichs dans son sac-besace, et il descend l'escalier tout en terminant d'enfiler son manteau. En passant au deuxième, il note la flaque qui détrempe le palier, puis les traces humides sur les marches, jusqu'au premier étage. Pendant un bref instant, il se demande ce qui s'est passé – s'il s'est bien passé quoi que ce soit. Puis il passe son chemin et oublie bien vite cette bizarrerie. Quelqu'un finira bien par passer une serpillière là-dessus.

Il sort du vestibule, accueilli aussitôt par un froid mordant. Il prend à droite au pied de l'immeuble, suit la rue enneigée et silencieuse et se dirige vers la station de métro. Le vent glacial de la veille est tombé et la ville est calme, comme assoupie. La neige étouffe tous les sons et confine les gens chez eux. Louis aime cette sensation d'être seul dehors, maître de la ville et de la vie. Son souffle dessine des arabesques dans l'air, ses paupières collent, gelées, et son nez le pique, mais il n'en a cure. La marche est vivifiante et libératrice.

3 – Interrogations

Charlotte est assise sur le bol des toilettes, chez Omar. Elle réfléchit à ce qui vient de lui arriver, à ce nouvel ami qu'elle vient de se faire. Elle se demande d'ailleurs si elle peut vraiment qualifier le vieil Omar « d'ami ». Peut-on avoir des amis aussi vieux quand on a juste dix ans ? Pour les autres enfants, les vieux sont des grands-pères ou, à la rigueur, des oncles. Dans le cas présent, c'est très différent. Omar est gentil. Il ne lui a demandé aucune explication, pas plus qu'il n'a commenté sa crise de larmes. La fillette lui en sait gré, d'autant qu'elle a un peu honte de s'être laissée aller ainsi. Sa mère désapprouverait, c'est certain.

Charlotte sourit en repensant à la mare qui avait commencé à se former sous ses pieds, dans la cuisine d'Omar. La fillette prononce tout doucement le nom du vieil homme, à voix basse. Elle aime cette sonorité. On dirait le nom d'un pays exotique ou celui d'un roi dans les histoires qu'elle s'invente. Quoi qu'il en soit, Omar ne s'est pas fâché de voir toute cette eau sur son plancher. Il s'est simplement levé en lui faisant signe de le suivre et il a gagné la salle de bain. La « salle d'eau », a-t-il gloussé avec un clin d'œil appuyé et malicieux à l'attention de Charlotte. Quelle drôle d'appellation ! La fillette s'est un peu déridée. Le vieil homme a sorti une grande serviette moelleuse du placard et la lui a tendue. Puis, sans un mot, il est sorti de la pièce exiguë, où ils avaient peine à tenir tous les deux, pour revenir quelques instants plus tard avec des vêtements d'enfant. Charlotte était si étonnée qu'elle a oublié, pendant un instant, l'inconfort humide et glacial de sa tenue. Elle n'a rien dit, et le vieil homme lui a montré la douche de la main avant de repartir, en fermant soigneusement la porte derrière lui. Il veut laisser à la gamine le temps de se réchauffer et d'enfiler des vêtements secs sans la mettre mal à l'aise. Elle est bien assez grande pour se débrouiller toute seule. Engourdie et surprise – elle n'a pas l'habitude de recevoir autant d'attentions –, Charlotte a mis plusieurs minutes à réagir. Elle s'est alors dépouillée de ses habits tout mouillés et elle s'est glissée sous l'eau chaude avec reconnaissance. Très vite, son gros chagrin s'est dilué dans l'eau et le savon, avant de disparaître dans la bonde en même temps que le froid qui lui collait à la peau.

À présent, Charlotte se sent toute neuve, toute propre. Les vêtements qu'Omar lui a donnés ne sont pas vraiment à sa taille; elle est toute boudinée dedans. Les couleurs ne lui plaisent pas non plus, mais au moins elle est au chaud. Pour le moment, c'est tout ce qui compte.

Omar est assis à sa place habituelle, face à la petite fenêtre de sa cuisine, pensif. Dehors, la neige s'est remise à tomber, mais Omar ne la voit pas. Son regard se perd dans le vide. Que va-t-il bien pouvoir faire de cette gamine, maintenant ? Omar s'inquiète des explications qu'il ne manquera pas de devoir fournir à la mère de l'enfant, autant au sujet de sa présence chez lui que des vêtements qu'il lui a donnés – de vieux vêtements ayant appartenu à sa propre fille, que le vieil homme est allé exhumer du placard de sa chambre pour répondre à l'urgence de la situation. Par nostalgie, pendant toutes ces années, Omar a conservé ces vêtements, soigneusement pliés et repassés, rangés dans une boîte. Peut-être a-t-il voulu garder un souvenir tangible de sa petite fille. Il se dit aujourd'hui qu'il a bien fait. Il n'avait plus sorti ces robes et ces chandails de leur carton de rangement depuis bien longtemps, car ces simples morceaux de tissu lui rappellent, bien plus efficacement et douloureusement que toute autre chose, le temps qui passe inexorablement et l'éloignement, affectif autant que géographique, de sa fille. À une certaine époque, il lui arrivait encore d'y jeter un œil. Lui qui avait tant de mal à reconnaître son enfant dans l'adulte qu'elle était devenue, il cherchait peut-être ainsi une preuve que cette enfant avait bien existé, un jour. En touchant ses vêtements, il se remémorait leurs jeux, leurs promenades main dans la main, leur complicité depuis longtemps disparue.

Jamais il n'aurait pensé que ces vestiges du passé pourraient servir à habiller une autre fillette. Et pourtant, aujourd'hui, la petite du deuxième les porte. Cette gamine lui fait penser à un animal abandonné, ses yeux immenses et sans fond quêtant un peu d'affection et de tendresse. Omar pressent des problèmes, mais il s'est trouvé incapable de résister à la détresse de ces grands yeux noirs. Malgré son geste, il n'en demeure pas moins un simple voisin, un inconnu, et il ne veut surtout pas que la fillette nourrisse de faux espoirs sur sa gentillesse. Ce qu'il faut à cette gamine, ce sont des amis de son âge, pas un vieux croûton comme lui ! Il est presque au bout de la route, et elle commence tout juste sa vie. C'est ridicule.

Vraiment ?

Quand la fillette sort enfin de la salle de bain, Omar est toujours perdu dans ses pensées, et un sourire inconscient flotte sur ses lèvres. Intimidée, Charlotte n'ose pas le déranger. Elle reste debout à le regarder, immobile dans l'embrasure de la porte. Elle ne sait pas quoi faire, quoi dire, quoi penser. Sur le qui-vive, elle ressemble à une grosse souris trop bien nourrie, prête à filer au moindre geste un peu brusque. Enfin, Omar s'aperçoit de sa présence. Il ne peut s'empêcher de lui sourire avec bienveillance. Elle est mignonne, cette enfant, malgré ses kilos en trop. Omar voit ses bourrelets disgracieux comme une housse de protection, comme si Charlotte s'était enveloppé le corps d'un pneu de rembourrage pour mieux rebondir sur les cahots de la vie.

D'une voix bourrue, il lui demande tout à trac si elle veut une tartine de pain de mie beurrée. Ce n'est peut-être pas la meilleure des idées – elle pourrait aussi bien être au régime, pour ce qu'il en sait –, mais c'est tout ce qu'il peut lui proposer. Il n'a ni céréales, ni lait, ni chocolat. Et Omar estime que la gamine a eu son compte d'eau pour la journée. Charlotte, toujours debout dans son coin, hoche gravement la tête. Le pain blanc, elle n'aime pas trop ça, sauf avec une grosse couche de confiture aux fruits ou de tartinade au chocolat par-dessus, mais tant pis, elle fera semblant. Elle ne peut décemment pas refuser ce que le vieux monsieur lui propose. Il est tellement gentil, et elle a faim après toutes ces mésaventures !

Le vieil homme se lève, prend le pain dans une jolie huche en bois qui intrigue Charlotte, peu habituée à ce genre d'objet artisanal. Elle ne peut pas savoir qu'il l'a faite de ses propres mains pour l'offrir à sa femme, pour leur premier anniversaire de mariage. Puis, le vieil homme se rassoit et se met à couper le pain avec un énorme couteau de cuisine dont la lame aiguisée reflète les motifs de la nappe. Charlotte songe brièvement qu'elle devrait peut-être avoir peur (après tout, l'homme en face d'elle tient un couteau), mais cette pensée glisse sur elle comme la pluie sur les plumes d'un oiseau.

La fillette s'assoit à côté du vieil homme et regarde ses mains tremblantes lui tendre la tartine, dont un bord est bien plus épais que l'autre. Le vieil homme a la peau tachée, parcheminée et calleuse. Une longue cicatrice toute blanche court le long de son poignet, jusque dans le creux de sa paume. Elle tranche avec la couleur sombre de sa peau, presque ocre, que Charlotte remarque en cet instant pour la première fois. Omar n'est pas tout à fait comme elle, sans être vraiment différent. Il n'est pas noir comme le mystérieux locataire du troisième, par exemple. Il y a bien quelques enfants comme Omar à son école, et elle croit savoir qu'eux, ou leurs parents, viennent d'ailleurs.

Elle se souvient tout à coup d'une réflexion de sa mère, à la suite d'un devoir qu'elle avait eu à faire sur l'immigration – une des rares fois où sa mère avait pris le temps de lire une de ses compositions. Elle avait dit que dans le fond, tout le monde venait de quelque part, ailleurs, alors quelle importance ? Charlotte brûle d'envie de demander à Omar de lui raconter son pays, mais elle n'ose pas. Sa mère dit toujours qu'il est impoli d'embêter les adultes avec des questions d'enfant. Charlotte, un peu gênée, engloutit sa tartine pour se donner une contenance, en gardant les yeux baissés. Entre deux bouchées, elle se laisse aller à avouer à Omar la raison de son gros chagrin. Elle doit attendre que sa mère rentre, et elle a peur de se faire gronder. Elle aurait dû faire plus attention, elle le sait. De nouveau, les larmes lui montent aux yeux, et elle les essuie d'un geste crispé de la main.

Omar la regarde manger et l'écoute en silence. Il envie un peu cet appétit vorace qui lui fait défaut depuis bien des années. Pourtant, quand il était jeune, il mangeait comme quatre pour nourrir son corps solide. Le vieillard secoue la tête. Il a bien plus important à considérer, pour le moment. Comment occuper la fillette jusqu'à ce que sa mère rentre, par exemple. Car Omar ne peut pas la laisser attendre seule sur le palier, dans les courants d'air et le froid. Il s'en voudrait, et la petite risquerait d'attraper la mort.

Soudain, c'est l'illumination : il va lui montrer à quoi il occupe ses journées, lui montrer ces objets qu'il sculpte avec amour puis qu'il entasse un peu partout dans son appartement, faute d'avoir quelqu'un à qui les donner... À cette idée, son œil pétille et il se lève d'un seul coup. Mais il a surestimé ses forces et il chancèle. Il est obligé de prendre appui sur la table pour ne pas perdre l'équilibre. Ce n'est pourtant vraiment pas le moment de tomber et de faire peur à la petite. Omar sait bien qu'il est de moins en moins vaillant, surtout depuis quelque temps, et cela l'inquiète un peu. Il sent ses forces lui échapper, sans qu'il puisse rien faire pour les retenir. La vieillesse le mine. Il voit la fillette se lever, elle aussi, un peu inquiète. Elle hésite, regarde le vieillard tremblotant, puis jette un œil autour d'elle. Elle n'ose pas aider Omar, et elle cherche à dissimuler son embarras. Alors, d'un pas décidé, elle va chercher l'éponge à côté de l'évier et revient nettoyer les quelques miettes qu'elle a laissé tomber sur la table. Puis elle rince l'éponge, la remet à sa place et vient poser sa main sur celle d'Omar, toujours appuyé sur le bord de la table. Par ce geste spontané, elle veut lui faire comprendre à quel point elle lui est reconnaissante, et lui donner la possibilité d'accepter son appui. Très vite cependant, elle retire la main, incertaine. Le vieil homme se sent soudain tout bête, il a des papillons dans l'estomac et le cœur qui bat un peu plus fort.

Cette gamine a décidé de lui faire confiance, et il en est tout ému. Il n'est pas très sûr d'être à la hauteur. Après tout, si sa propre fille est quasiment devenue une étrangère, c'est en bonne partie de sa faute. Et l'appréhension s'empare de lui : il se demande tout d'un coup si la fillette va aimer son cheval à bascule à peine commencé. Et si elle trouvait ses œuvres simplistes ou dépassées ? Ses petits-enfants, eux, n'ont jamais joué avec les objets de sa fabrication; ils ne l'ont jamais dit clairement, mais Omar voit bien qu'ils sont habitués à des jeux plus sophistiqués et plus élaborés – plus technologiques. Ils s'ennuient avec ses vulgaires morceaux de bois. Puis, aussi soudainement qu'elle est montée, son inquiétude retombe et Omar se calme. Il pressent que la réaction de la petite Charlotte sera différente.

Il ne s'est pas trompé. Quand Charlotte aperçoit le cheval qui émerge grossièrement de la bille de bois, elle écarquille grand les yeux et s'immobilise un court instant. Elle n'en croit pas ses yeux. Un large sourire illumine son visage. Elle avance vers le jouet, hésite puis s'arrête en lançant un regard interrogateur et plein d'espoir à Omar, qui acquiesce en silence. Charlotte se précipite alors vers le cheval de bois, s'agenouille et se met à le caresser doucement de sa petite main d'enfant. Omar lance un rapide avertissement : « Attention aux échardes ! » et Charlotte suspend son geste, avant de reposer ses doigts, immobiles, sur l'encolure du petit cheval. Elle est émerveillée. Les chevaux, elle n'en a jamais vu que dans les livres. Déjà son imagination s'emballe et Charlotte s'imagine toute une épopée aux côtés de cet animal merveilleux.

Omar sourit lui aussi, heureux que son ouvrage plaise à l'enfant. Il s'approche lentement, se laisse péniblement glisser dans son fauteuil, prend ses outils et explique à Charlotte comment il travaille le bois. La petite est fascinée. Elle en oublie tout le reste, y compris sa clé perdue.

4 – Désillusion

Louis a trouvé le jeune Khaled exactement où il s'y attendait, dans le quartier peu recommandable qu'il fréquente depuis quelque temps. Un quartier-dépotoir où les ombres gagnent même en plein jour, où l'argent peut acheter une vie et où même Louis répugne à s'aventurer. Pourtant, son physique lui suffit bien souvent pour se faire respecter, ou pour provoquer un malaise, voire de la peur, chez ceux qu'il croise. Étrange à quel point la réalité peut parfois se distordre, comme une image entraperçue derrière une vitre au verre étoilé. Louis n'a jamais été un dur, il a le cœur bien trop friable. Mais il entretient les apparences. Ainsi, on l'ignore ou on l'évite. Louis a longtemps cherché à se faire remarquer, pour de mauvaises raisons, et il a appris à la dure que l'anonymat n'était pas toujours une mauvaise chose. Aujourd'hui, il ne prête plus aucune attention aux regards des autres.

La rencontre avec Khaled s'est déroulée dans une ruelle sombre et sordide, précisément comme Louis l'avait imaginée : impossible de toucher avec des mots celui qu'il s'obstine à appeler « le môme » – et encore moins avec des gestes ou des regards. Mais si Khaled refuse de prononcer la moindre parole, tout son corps, tendu, parle à sa place. Ses yeux fuyants s'attardent sur le mur sale et souillé ou sur le débordement des poubelles, derrière Louis; ses mains ne cessent de bouger, fébriles; son poids passe d'un pied à l'autre, comme s'il dansait. Tout témoigne de son inconfort vis-à-vis de Louis et de son envie d'être ailleurs, débarrassé de son « bienfaiteur » et de ses principes. Alors Louis renonce et se tait. On ne peut vouloir à la place d'un autre. Le silence s'éternise entre les deux hommes, crispés et immobiles à quelques pas l'un de l'autre. Puis Louis hoche la tête. Quelques minutes supplémentaires s'écoulent alors dans un silence tendu, et Louis finit par se détendre. Il n'y a plus rien à ajouter. Déconcerté par sa propre réaction, mais serein, Louis lève la main en un geste d'adieu vers son ancien protégé, avant de tourner les talons et de s'éloigner lentement dans le soir tombant. N'importe quel autre homme qui aurait osé tourner le dos à Khaled se serait vu rappeler à l'ordre, mais Louis est un cas à part. Il est parfaitement au courant des lois de la rue, mais pour Khaled, Louis est un extraterrestre. Quelqu'un qu'il a admiré, autrefois, avant de le renier et de le mépriser pour une seule et même raison : son cœur. Un jour, une force; le lendemain, une faiblesse.

Louis marche, sans hâte ni regrets, le regard fixé sur l'horizon bouché et pollué de la cité. Pour la première fois de sa vie, il abandonne quelqu'un à un avenir qu'il sait sans issue sans se sentir coupable jusqu'aux tréfonds de son être. Il lui en coûte, mais il est temps pour lui de confronter ses propres démons. Tout en s'éloignant, Louis réfléchit et sonde son cœur comme il ne l'a pas fait depuis longtemps. Il sait que le Khaled d'aujourd'hui n'a plus rien à voir avec le gamin dont il a gardé l'image au fil des années – une image faussée et artificielle, dès le départ. Louis a projeté ses propres espoirs sur l'enfant sans jamais vraiment prendre la peine d'apprendre à le connaître. Le môme est devenu un étranger. Et s'il est difficile de tourner le dos à un rêve, à une illusion, il est beaucoup plus simple de se détacher de quelqu'un qui n'a plus rien à voir avec soi. Dans le fond, tous ceux qui ont partagé sa vie sont restés, eux aussi et à des degrés divers, des étrangers. Louis n'a jamais su – ou voulu ? – les voir tels qu'ils étaient. Claudia a peut-être été le plus grand amour de sa vie, et elle non plus il ne l'a jamais comprise.

Toujours immobile au milieu de la ruelle, Khaled, surpris et soulagé, regarde Louis s'en aller jusqu'à ce que sa silhouette lointaine se fonde dans l'obscurité grandissante. Il arbore un sourire de victoire suffisant, quoiqu'un peu incertain. Il croit qu'il a gagné, qu'il a fini par convaincre Louis. Au bout d'un long moment, il se détourne et rejoint ceux qu'il s'est choisis en guise de famille. Tout est dit.
Lui non plus n'a rien compris.

Louis marche lentement dans la ville enneigée sans avoir conscience des passants affairés qui le doublent en maugréant, des conducteurs impatients qui jouent du klaxon dans les rues encombrées, des congères sur le bord des trottoirs. Il est sorti du quartier malfamé de Khaled depuis longtemps, pourtant il continue à marcher, sans but. Pour lui, il est encore tôt.
Sa rencontre avec Khaled lui laisse un goût amer. Mais cela n'a rien à voir avec « le môme ». Pas celui-là, en tout cas. L'image d'un enfant noir aux yeux tristes et à l'allure pitoyable, perdu dans un cimetière, ressurgit devant Louis dès qu'il ferme les yeux. Son passé lui pèse, et sa nuit blanche de la veille a laissé des traces. La fatigue le brûle jusqu'au fond des orbites. Toute la caféine bue au cours des dernières vingt-quatre heures fait

légèrement trembler ses mains, et son cœur bat la chamade, fébrile, comme prêt à exploser. L'excitant qui court dans ses veines n'en est pas seul responsable.

Il a beau retarder au maximum le moment où il se retrouvera seul avec lui-même dans « son » immeuble désert, il lui est bientôt impossible de se dérober plus longtemps. Il songe un instant à s'inventer une raison de poser un congé maladie, mais son honnêteté l'en empêche. De toute façon, Louis n'a aucune envie de rentrer chez lui, dans cet appartement spartiate et impersonnel qu'il n'a jamais pris le temps de meubler correctement. Il va donc travailler, l'angoisse lui tenaillant les entrailles. Incapable de manger les sandwichs qu'il a emportés, il se nourrit de liquide. Son estomac tangue et vire comme un navire en perdition sur une mer acide. Cette nuit-là, Louis fait ses rondes comme un robot branché sur pilotage automatique. Ses semelles couinent sur le linoléum, sa lampe de poche explore les coins et les recoins des couloirs et du vestibule et ses soupirs résonnent sur les murs, mais Louis est absent. Il a pris congé de son corps et de la réalité, laissant ses pensées l'emmener bien loin de la ville et du présent.

Très vite, des souvenirs de son enfance ressurgissent. Les événements des dernières heures ont brisé le sceau qu'il s'était appliqué à poser sur ce puits sans fond. Il ne se souvient presque plus de la vie avec sa mère, pas plus que du visage de celle-ci. Il était bien trop jeune quand elle est partie – quand elle l'a abandonné. Il se rappelle seulement son rire aigu et ses yeux injectés de sang, et cet éclat de folie qui ne disparaissait jamais de ses prunelles. Il se souvient nettement, par contre, d'avoir parfois souhaité vivre sans elle, et du sentiment de culpabilité tenace qui en a découlé, après. Longtemps, il s'est cru responsable de son départ, comme si le simple fait de désirer quelque chose pouvait suffire à lui faire prendre corps. Il n'était qu'un enfant.

Encore aujourd'hui, il ne peut entrer dans un cimetière sans frissonner.

Ce soir, les images se bousculent dans le film de son esprit divagant. Louis repense au prêtre qui l'a trouvé blotti près des tombes, l'homme qui l'a recueilli puis abandonné à son tour en le confiant à un orphelinat du voisinage. Un homme dont il a aussi oublié le visage, effacé au fil du temps, dilué dans les miasmes de sa mémoire. Il lui reste l'image d'un habit noir à col blanc, de gestes doux et d'une grande compassion. Louis, qui s'était accroché à cet homme comme à une bouée de sauvetage, avait très mal vécu cette deuxième séparation, si rapide. Les premières semaines à l'orphelinat, il pleurait beaucoup. L'institution, austère, était dirigée par des religieux sévères, qui n'avaient guère de temps à consacrer à un enfant en particulier.

Au fil des années, Louis en était venu à se dire que tout leur amour devait être réservé exclusivement à Dieu, car les enfants n'avaient droit à aucune chaleur ni aucune tendresse. Il ne comprenait pas que les religieux, débordés par leurs devoirs et leurs obligations et peu préparés à s'occuper de jeunes enfants et d'adolescents en difficulté, faisaient ce qu'ils pouvaient tout en se protégeant maladroitement, de la seule façon qu'ils connaissaient, passéiste et rigide. Louis revoit le bâtiment de pierres grises, toujours glacial même en plein cœur de l'été; les dortoirs spartiates que des garçons de tous âges partageaient; l'église et les messes obligatoires, dans des vêtements bien trop minces pour protéger des frimas; les brimades des plus grands pensionnaires, les maladies, les décès, les départs. Seuls les plus forts survivaient. Louis faisait partie de ceux-là. Il avait la rage de vivre chevillée au cœur. Très vite, il avait cessé de pleurer sur son sort et il s'était endurci l'âme en même temps que le corps. Les années avaient passé, ni heureuses ni réellement malheureuses, et Louis avait grandi. À défaut de se faire des amis, il avait appris à se faire respecter. Mais sous une apparente indifférence se cachait un besoin de plus en plus grand : Louis supportait mal de vivre sans amour. Rien n'avait réussi à effacer la compassion dont son cœur débordait naturellement et qui faisait sa force – sa véritable force, au-delà du physique. Un secret bien gardé, et peut-être trop profondément enfoui.

Étrangement presque nostalgique, Louis sourit à l'évocation de tous ces souvenirs. Puis il s'aperçoit, interdit, qu'il pleure. Ses joues sont trempées et ses larmes coulent sans retenue. Autour de lui, le décor s'est brouillé, comme si un voile opaque recouvrait tout. Seules des taches lumineuses surgissent ici et là : la lumière des toilettes, le panneau indiquant la sortie de secours et le halo des lampadaires, dehors. Louis est incapable de se rappeler à quand remontent ses dernières larmes. Pour la première fois peut-être, il est obligé d'accepter cette manifestation de douleur qu'il a toujours considérée comme une faiblesse – et retenue. Une faiblesse dont il ne perçoit pas encore la force intrinsèque.

Cette nuit-là, il est seul sans l'être vraiment, car les fantômes de son passé font sentir leur présence. Et le temps passe, comme il sait si bien le faire. Louis a perdu toute notion des heures. La nuit distend et tord le réel. Quand les premières lueurs de l'aube apparaissent, il est épuisé. Il se sent mieux, aussi. Il a séché ses larmes et il peut maintenant se regarder en face sans avoir envie de baisser ou de détourner les yeux. C'est un début.

5 – Aveu

Charlotte a quitté l'appartement d'Omar pour rentrer chez elle dès qu'elle a entendu les pas de sa mère dans l'escalier. Les cloisons sont tellement minces que la fillette n'a eu aucun mal à reconnaître le claquement caractéristique de ses talons hauts. Elle s'est alors redressée d'un bond, comme un diable monté sur ressort, a souri à Omar avant de jeter un regard de regret vers le cheval en bois qu'il lui fallait quitter aussi, puis elle s'est précipitée vers la salle de bain pour récupérer ses vêtements. Ils étaient encore mouillés, mais Charlotte ne s'en souciait guère. Elle ne voulait – ne pouvait – pas garder ceux qu'Omar lui avait prêtés. La fillette s'est changée en frissonnant et elle a soigneusement plié les habits qu'elle venait d'enlever, avant de les poser sur le couvercle des toilettes. Elle a retraversé l'appartement puis, une fois sur le seuil de la porte, elle s'est retournée vers Omar et, incapable de trouver les mots justes pour le remercier de sa gentillesse, elle s'est contentée d'un « au revoir » un peu timide, accompagné d'un petit signe de la main qui a fait chaud au cœur du vieillard. Charlotte redoute la réaction de sa mère au sujet de la perte de ses clés et le vieil homme devine qu'elle ne veut pas avoir à expliquer, en plus, son après-midi chez lui. Il n'y a rien de mal à cela.

Charlotte craint confusément, si elle parle d'Omar à sa mère, de gâcher la magie de cette rencontre. En revanche, elle sait précisément ce qu'elle ressent à cet instant, alors qu'elle grimpe quatre à quatre les marches vers son domicile : un sentiment de bien-être profond, petit soleil doré qui répand sa chaleur en elle, alors même que l'humidité de ses vêtements gagne sa peau et ses os. La fillette a un sourire dans le cœur.

Mais plus elle monte, plus son inquiétude reprend le dessus. Soudain, Charlotte sent son ventre gronder et elle se rend compte qu'elle meurt de faim. Elle n'a presque rien avalé depuis son repas de midi. La tartine offerte par Omar ne compte pas; elle s'est forcée, de toute façon. La fillette se demande si elle aura encore le droit, malgré l'heure tardive, d'avaler une petite collation avant le souper. Pour le savoir, il n'y a guère qu'une solution : affronter sa mère. Peu pressée de faire face aux reproches prévisibles de celle-ci, la fillette ralentit le rythme et ses pas se font plus pesants. Les marches semblent bien hautes, tout d'un coup. Heureusement, l'étincelle allumée par Omar brille encore un peu, et elle y trouve le courage de traverser le palier et de frapper à la porte de son appartement.

Charlotte avait bien tort de s'en faire : c'est tout juste si sa mère a remarqué que ses vêtements étaient mouillés, et la fillette ne lui a pas laissé le temps de réaliser l'étrangeté de la situation ni l'heure tardive pour un retour de l'école. Dès que la porte lui a été ouverte, elle s'est précipitée dans sa chambre pour se changer, sans oser regarder sa mère au passage. Habituée aux lubies de sa fille, celle-ci n'y a pas vraiment prêté attention. Un sourcil haussé, un début d'interrogation dans le regard, les mots au bord des lèvres… et son téléphone cellulaire a sonné. Un instant d'hésitation, un coup d'œil sur l'écran pour découvrir le nom de son correspondant et, après avoir poussé un profond soupir – que Charlotte n'a pas entendu –, elle a décroché. La conversation qui s'ensuit détourne aussitôt son attention.

Préoccupée, elle se replonge très vite dans les dossiers qu'elle avait déjà sortis et étalés partout dans le salon avant l'arrivée de Charlotte, et commence à argumenter sur des notions de vente et de stratégie promotionnelle. Sa main libre ponctue chacune de ses paroles; elle vole dans les airs, tantôt pour appuyer son propos – comme si son interlocuteur pouvait la voir –, tantôt pour évacuer son agacement. Sa voix, elle aussi, change d'une phrase à l'autre. Avec le temps, Charlotte a appris à reconnaître le calme un peu trop lisse qui précède les tempêtes et à se faire toute petite. Sa mère ne la « voit » pas souvent, mais il semblerait que l'énervement accentue sa faculté à remarquer les choses que Charlotte a oubliées de faire.

Après avoir enfilé un vieux jogging gris élimé, de grosses chaussettes de laine rouge et un épais pull bien chaud, la fillette est revenue s'asseoir au salon. Elle écoute parler sa mère, toujours pendue au téléphone. Charlotte ne comprend rien à son charabia, mais sa voix est posée et ferme, et la fillette se détend. Le problème, quel qu'il ait pu être, semble résolu. Au début, Charlotte est même soulagée : grâce à ce coup de téléphone providentiel, elle n'a pas à expliquer à sa mère où elle a passé son après-midi, et elle dispose d'un répit bienvenu pour trouver la manière adéquate de lui présenter sa bêtise – la clé perdue. Très vite cependant, elle sent croître son ressentiment : c'est toujours pareil, dès que ce fichu engin se met à sonner, elle n'existe plus ! Elle préférerait encore se faire gronder. Charlotte le hait, ce gadget technologique. Elle rêve de l'arracher des mains de sa mère et de le jeter par la fenêtre, puis de le regarder s'écraser sur le trottoir, éventré, toutes ses pièces métalliques envolées aux quatre vents. Elle n'osera jamais.

Elle doit se calmer. La fillette est certaine qu'en apprenant la perte de la clé, sa mère va encore lui marteler sa rengaine sur les res-pon-sa-bi-lit-és et la confiance. Et elle n'aura rien à répondre, comme d'habitude. Les mots se coincent dans sa gorge dès qu'il s'agit de communiquer avec sa mère. S'excuser devient aussi difficile que gravir une haute montagne : l'air se raréfie et l'atmosphère se fait glaciale. Charlotte est tout aussi incapable de lui dire qu'elle l'aime, tout simplement, qu'elle lui manque et qu'elle voudrait juste passer un peu plus de temps avec elle.
Dans ses rêves pourtant, tout est facile et les mots sortent, dociles et doux comme des agneaux.

Charlotte décide finalement d'attendre le repas du soir pour parler à sa mère. Pour contribuer à mettre celle-ci dans de bonnes dispositions, elle va jusqu'à proposer son aide en cuisine. Elle ne risque pas grand-chose car, comme souvent, il y a fort peu à faire : le menu se compose d'un simple plat surgelé tout prêt, sans goût, en barquette à glisser au four à micro-onde. En attendant le signal sonore indiquant que tout est prêt, la fillette s'occupe de mettre la table. Ses efforts sont récompensés par un rapide sourire de sa mère, et Charlotte exulte. Mais, une fois le repas servi, mère et fille se retrouvent de nouveau chacune dans sa bulle, séparées par le plateau d'une table en formica qui pourrait aussi bien être un vaste océan. La mère de Charlotte grignote sans conviction, plongée dans un volumineux dossier. Elle étudie attentivement des courbes et des chiffres, en silence, le front plissé, en mâchonnant distraitement un stylo, entre deux bouchées rapides. Charlotte lui jette des coups d'œil las. Elle ne comprend vraiment pas que des adultes puissent vouloir ramener du travail à la maison – des devoirs. Elle mange machinalement, sans vraiment goûter à ce qu'elle met dans sa bouche. De toute façon, c'est totalement insipide. En quelques minutes, Charlotte a englouti le contenu de son assiette, et elle entame le pain. Elle retarde au maximum le moment où elle devra se jeter à l'eau. Charlotte n'a pas peur de sa mère, qui ne crie jamais très fort ni ne lève la main sur elle, elle n'a juste plus du tout envie d'entendre le mot « responsabilité ».

Quand elle ne peut plus reculer car l'heure d'aller se coucher approche, Charlotte se risque à déranger sa mère dans sa lecture. La fillette a réfléchi, et elle a décidé d'enjoliver un peu les faits. Elle raconte donc qu'elle s'est attardée dehors cet après-midi, après la classe, pour jouer avec des amis – ce qui devrait faire plaisir à sa mère – et elle s'excuse de son retard. C'est drôle, quand elle ment, les mots sortent beaucoup plus facilement. Mais au fond, ce n'est pas vraiment un mensonge, puisqu'elle était réellement avec un ami… Elle enchaîne en prétendant n'avoir pas vu l'heure passer. Elle dit avoir glissé sur le bord du trottoir, sur une plaque de glace, sur le chemin du retour, tellement elle était pressée. Devant la grimace d'inquiétude bien réelle de sa mère, Charlotte s'empresse de préciser qu'elle est tombée dans la neige épaisse et qu'elle ne s'est pas fait mal, heureusement. Par contre, la neige est rentrée partout, dans ses chaussures, dans son col, sous son blouson, et elle s'est vite retrouvée trempée. C'est pour cette raison qu'elle est allée directement dans sa chambre tout à l'heure. Elle ne voulait pas mouiller tout l'appartement. La fillette, qui se sent de plus en plus coupable, décide d'en finir au plus vite avec son histoire. Elle ne pensait pas troubler ainsi sa mère, et elle n'a aucune envie de lui faire de la peine. Alors elle avoue rapidement, dans un souffle, qu'elle a perdu ses clés. Puis elle se tait. Elle a la gorge sèche.

Sa mère la contemple sans rien dire, avec un drôle d'air sur le visage. Puis elle soupire et, toujours sans un mot, va chercher le double de secours dans le tiroir de sa commode. Elle le tend à sa fille, qui l'attrape et le glisse maladroitement dans sa poche. La mère de Charlotte semble à la fois déçue et triste. Mais triste d'une façon qui surprend la fillette et lui fait étrangement sentir le poids de son mensonge. Triste comme si elle allait se mettre à pleurer. Et, surtout, elle n'adresse aucun reproche à Charlotte, aucune réprimande, rien. Charlotte est vraiment mal à l'aise, elle préfère l'admonestation coutumière à ce silence inquiétant. Les semonces de sa mère atteignent rarement leur but mais, cette fois, Charlotte est troublée. Elle ne sait plus comment réagir. Est-ce un si grand crime de perdre ses clés ? La fillette sent les larmes lui monter aux yeux. Elle quitte brusquement la table et court chercher refuge dans sa chambre, dont elle claque la porte derrière elle.

Elle ne voit pas sa mère appuyer son front dans ses mains, les coudes posés sur la table, en un geste las. Elle ne l'entend pas non plus murmurer d'une voix abattue : « Si seulement j'avais plus de temps... » Puis la mère de Charlotte, ne sachant pas quoi faire d'autre, secoue la tête et se replonge, non sans mal, dans ses dossiers.

Enfermée dans sa chambre, seule dans le noir, Charlotte se sent toute petite. Comme si l'univers entier l'engloutissait et menaçait d'avaler aussi l'espace rassurant de sa chambre. Cependant, elle se refuse à allumer la lumière. L'obscurité convient mieux à sa peine. Elle ne se sent pas d'humeur à contempler les murs pastels de cette pièce pourtant si familière et d'habitude si réconfortante, avec leurs affiches de films et leurs étagères pleines de bibelots. Même la présence de ses peluches, entassées à côté d'elle sur le lit en un monticule duveteux, ne suffit pas à la calmer. Machinalement, elle attrape son vieux doudou, coincé sous son oreiller, et elle se met à mordiller le morceau de tissu tout déchiré.

Les pensées se bousculent dans la tête de la fillette, et ses sentiments sont pour le moins partagés. Si elle ne sait pas toujours quoi penser de sa mère ou de son attitude, ce soir, c'est le noir total. Charlotte aime sa mère de tout son cœur et elle voudrait vraiment la rendre fière, mais elle ne peut s'empêcher de douter, parfois, de la réciproque. Charlotte sait que sa mère travaille fort pour elles deux, pour leur assurer gîte et couvert sans dépendre de personne – et surtout pas de son père. Elle voudrait juste que, parfois, sa mère s'assoie à ses côtés et l'écoute. Elle voudrait l'entendre rire à ses plaisanteries, compatir à ses malheurs, même si ceux-ci ne sont pas bien importants au regard de ceux d'une « grande ». Une maman, ce n'est pas n'importe qui. Pour Charlotte, c'est la figure de proue de son univers, et la seule qui compte vraiment. Son père est trop absent, leur éloignement affectif trop tangible, pour qu'elle puisse s'y raccrocher. Il a refait sa vie loin d'elle – loin d'elles.

L'image de son nouvel ami s'impose alors tout naturellement à la fillette. Quel dommage qu'Omar soit aussi vieux ! Elle aurait pu le présenter à sa mère, sinon, et peut-être que… Non, à la réflexion, l'idée ne lui plaît guère et elle la repousse avec force : Omar est *son* secret. Il est auréolé de quelque chose que la fillette apprécie : contrairement à tous les autres (parents et professeurs), il ne semble rien attendre d'elle. Même son babillage constant ne le gêne pas. Les choses sont très différentes avec sa mère. Il y a toujours quelque chose à faire ou à ne pas faire. Et quand Charlotte oublie, qu'elle dérape sur le miroir de ses bonnes intentions, comme aujourd'hui, alors sa mère soupire, s'énerve ou, ce qui est nouveau, ne dit rien. Et ce silence est pire que les mots. La fillette ne supporte pas de décevoir ainsi sa mère. Pourtant, elle fait de son mieux ! Presque tout le temps.

Sa mère fait cependant toujours une montagne de petites choses qui, pour la fillette, n'ont aucune importance – ou si peu. Charlotte a du mal à comprendre. La famille, c'est compliqué. Tout le monde le dit, c'est donc sûrement vrai.

Pour le moment, la fillette ne sait plus quoi faire. Impuissante, elle ne peut que laisser sa peine emplir son corps. Cette peine salée comme ses larmes, qu'elle combat à coups de douceurs sucrées, bouées de secours qui la maintiennent à flots sur la marée de ses émotions.

Mais aujourd'hui, elle peut aussi penser au merveilleux cheval d'Omar. Charlotte se blottit contre son oreiller et se met à rêver.

6 – Souvenirs

Louis a dormi toute la journée, d'un sommeil agité mais profond. Il a accumulé une telle dose de fatigue, tant physique que mentale, qu'il lui aurait semblé tout à fait envisageable de dormir plusieurs jours d'affilée. Mais le réveil le tire de son repos en fin d'après-midi et Louis, après avoir étendu le bras pour l'éteindre en tâtonnant, s'assoit sur le bord de son lit. Mieux vaut ne pas paresser aujourd'hui ! Il enfile un caleçon puis, d'un pas lourd, il se rend directement à la salle de bain pour asperger son visage d'eau fraîche. Les deux mains en appui sur le bord du lavabo, il se contemple longuement dans le miroir tacheté de quelques gouttelettes brillantes. Le constat est sans complaisance, surtout dans la lumière crue du néon : il a de profondes poches sous les yeux et des rides qui n'y étaient pas quelques mois plus tôt. Au bout d'un moment, il se redresse en soupirant, tourne les talons et gagne la cuisine – et la cafetière.

Comme chaque jour, après avoir pris une légère collation et bu un grand bol de café, Louis s'astreint à faire une série d'assouplissements et d'exercices musculaires simples : étirements, renforcements abdominaux, tractions. C'est son rituel du réveil, lorsque les muscles sont froids et le corps encore ensommeillé. C'est sa façon à lui de « se dérouiller » en douceur. Quand il a terminé, son corps ainsi revigoré, il va « déjeuner » : des œufs sur le plat, du pain, du lard, de la salade, des fruits. Enfin, il se prépare des sandwichs à emporter pour sa longue nuit de veille – de travail.

Louis est à présent tout à fait alerte et marche d'un bon pas, sans effort. Ce soir-là, il gagne directement l'immeuble où il travaille, sans faire de détour. Situé à la limite du centre-ville, le bâtiment n'a rien d'un gratte-ciel. C'est un carré de béton et de verre de quelques étages, solide, aux lignes acérées, tout comme les dents des avocats dont les cabinets occupent la majorité des locaux. Devant, quelques arbres rachitiques tentent de s'émanciper de leur socle de béton et étirent leurs branches vers le ciel. Louis n'est jamais pressé d'arriver. Il aime flâner, par tous les temps. Au fur et à mesure qu'il se rapproche du centre-ville, les rues se rétrécissent et les arbres se font plus rares, contrairement aux passants. L'heure où il embauche est aussi l'heure des sorties de soirée en couple ou entre amis. À la belle saison, Louis doit souvent jouer de sa carrure pour se frayer un chemin parmi la foule agglutinée à certains carrefours, près des restaurants à la mode ou des salles de spectacle. Mais en cet hiver frileux, les trottoirs sont déserts.

À peine arrivé, après avoir posé son sac dans la salle de repos réservée aux employés, Louis commence tranquillement ses rondes dans l'immeuble déserté. Comme chaque soir, il explore le bâtiment vide en balançant sa torche devant lui. De gros nuages bas masquent la lune et tout est sombre, un peu lugubre. Plus la nuit avance, plus l'obscurité est épaisse, presque palpable. Les faibles reflets des lampadaires qui bordent le stationnement, dehors, peinent à pénétrer à travers le verre épais des vitres; ils ne sont pas de taille contre les ombres qui dansent dans le couloir, noires sur fond noir. Tout autre que Louis se sentirait oppressé par cette atmosphère étrange. Mais Louis est habitué. La nuit en soi ne l'inquiète guère, et sa noirceur lui paraît bien pâle en comparaison de ses peurs d'enfant. Malgré les années, les images qui envahissent sa mémoire en ces longues nuits d'hiver sont toujours les mêmes : le cimetière, les pierres tombales, le bruissement du vent dans les arbres, les ombres menaçantes. Louis est persuadé qu'il n'y a pas de hasard dans la vie. Son poste actuel est une façon comme une autre de chercher à prouver qu'il est plus fort que le plus noir de ses souvenirs.

Et quand ses souvenirs ne hantent pas le cimetière de son enfance, ils le ramènent à ses années de pensionnat chez les Frères. À l'époque, au contraire de nombreux garçons plus chahuteurs – et plus révoltés de leur sort –, Louis appréciait l'austérité de l'endroit. Il aimait particulièrement les heures consacrées à l'étude de la musique et du chant. Solitaire et renfermé, il s'épanouissait plus facilement lorsqu'il parvenait à s'oublier dans des activités dont la beauté transcendait toutes ses peurs. Au quotidien, sa capacité de silence et son étrangeté ne facilitaient guère ses rapports avec autrui. Sa compagnie était peu recherchée par ses pairs.

Encore aujourd'hui, Louis a l'habitude de fredonner lors de ses rondes, autant pour conjurer les ténèbres de sa mémoire que pour provoquer un écho et réveiller l'âme du bâtiment, comme pour allumer une petite étincelle de vie dans ce territoire abandonné qu'il parcourt inlassablement, nuit après nuit. Un endroit froid et impersonnel, plongé dans une obscurité que seul l'éclat d'un meuble de rangement ou d'une poignée métallique de porte, pris dans le faisceau de sa lampe, vient parfois rompre. Louis ne se rappelle pas être jamais venu ici en journée, aux heures ouvrables – les heures des autres. Il serait bien en peine de reconnaître les lieux à la lumière du soleil. Tout doit avoir un autre visage. Louis ne saurait expliquer pourquoi, mais il n'a pas envie de le découvrir.

Certaines nuits, quand la nécessité de libérer ses émotions le submerge, Louis ose même chanter ouvertement. Il a une jolie voix de baryton.

Au cours de ses rondes, Louis passe et repasse devant de nombreux bureaux. Cabinets d'avocats, comptables, assureurs. Il s'amuse parfois à les compter pour rythmer sa progression et mesurer l'avancée de la nuit et le passage des heures. Il lui arrive aussi de songer à tous ceux qui viennent ici, à la recherche d'informations, d'aide ou d'opportunités financières. Louis essaie d'imaginer la vie de tous ces gens, de donner un visage aux milliers d'inconnus qui passent dans ces couloirs qui forment le paysage nocturne de ses promenades sans fin, sans cesse recommencées. Les fissures des murs, les endroits où la peinture commence à s'écailler, les taches sur le linoléum, tous ces détails sont familiers à Louis, mais il ne connaît rien des gens qui travaillent ou qui passent ici. Il est employé par le consortium propriétaire de la bâtisse. Il ne sait rien des autres employés – rien d'autre que ce que laissent deviner les objets oubliés dans la salle commune : une veste de sport sur une chaise, un parapluie vert pomme suspendu à une patère, une boisson énergétique entamée dans le frigidaire, avec une marque de rouge à lèvres sur le goulot. Louis aime sa solitude de noctambule mais elle lui pèse aussi, parfois.

Il est conscient d'avoir de la chance. Rien que dans l'immeuble où il habite, de l'autre côté de la ville, de nombreux locataires sont en situation de précarité et se battent pour joindre les deux bouts, quand ils ne préfèrent pas s'accuser l'un et l'autre en buvant pour tenter d'oublier leur triste réalité, dans l'espoir illusoire que la roue du sort tourne en leur faveur. Aussi, lorsqu'il pense à la monotonie de sa vie, Louis évacue-t-il les regrets comme on chasse une mouche. C'est vrai, il fut un temps où il avait d'autres ambitions que de devenir gardien de nuit. Seulement voilà, il n'a jamais eu l'occasion de les réaliser. Ou peut-être n'a-t-il jamais osé.

Lorsqu'il était adolescent, outre la musique, Louis aimait les études. Il était fasciné de voir le monde s'étaler dans toute sa splendeur sur des cartes colorées; il pouvait se laisser absorber des heures durant dans la résolution de problèmes mathématiques aussi délicats, à son esprit, que des joyaux; il griffonnait de mauvais poèmes dans un vieux cahier à spirales qui ne le quittait jamais et dont personne ne soupçonnait l'existence; il s'entêtait à apprendre des dates et à comprendre les guerres et les grands événements du siècle. En manque d'humanité, Louis avait soif de connaissances, ce qu'il n'avait jamais osé avouer à ses condisciples. Il allait même jusqu'à garder profil bas en classe. Au pensionnat, les garçons les plus instruits et les plus intelligents étaient souvent la cible des autres qui, à défaut de pouvoir rivaliser sur le plan de l'intelligence, les considéraient comme des êtres faibles et efféminés, incapables d'imposer le respect. Ceux-là se faisaient constamment railler et bousculer. Les gamins de l'orphelinat étaient tous des laissés-pour-compte, des enfants rejetés ou abandonnés par leurs parents, qui avaient rarement connu de vie de famille – pourtant, ils en rêvaient tous, à des degrés divers et dans le secret de leur âme. Les Frères leur donnaient une éducation stricte, sévère et profondément religieuse, sous le joug de laquelle les gamins étouffaient. Les contraintes draconiennes de cette vie allaient à l'encontre de leur nature exubérante d'enfants. Les punitions étaient fréquentes, les rebellions aussi. Ils vivaient dans un monde dur; les plus faibles ne tenaient jamais le coup bien longtemps. Ils fuguaient ou ils dépérissaient, et un beau jour, alors qu'on les avait déjà presque oubliés, ils semblaient s'évanouir et on n'entendait plus jamais parler d'eux. Cette indifférence face au sort des autres n'était liée à aucune méchanceté : les gamins tentaient simplement de prendre leur place dans une échelle sociale biaisée. Louis bénéficiait d'une certaine tranquillité, qu'il n'avait jamais osée compromettre en s'intéressant trop ouvertement aux études.

Quand il avait quitté le pensionnat, dès le lendemain de sa majorité, Louis avait dû se mettre à la recherche d'un emploi. L'argent lui semblait indispensable pour pouvoir enfin vivre et gagner cette liberté – si relative – qui lui avait tant manqué. Il avait d'ailleurs fallu qu'il quitte l'enceinte du pensionnat et les Frères, qui constituaient tout son univers, pour réaliser qu'existait au-delà un monde très différent, à la fois bien plus beau et bien plus dur. Pendant toutes ces années, Louis avait puisé un certain réconfort dans les règles immuables auxquelles il avait été assujetti : pour un enfant tel que lui, il était rassurant de savoir que certaines choses ne changeaient pas, même s'il était devenu vital de s'en éloigner.

Au cours des années suivantes, Louis a soulevé des caisses, livré des pizzas, fait le larbin pour toutes sortes de gens. En raison de sa nature taciturne et solitaire, il avait du mal à trouver un emploi digne de ce nom. Il n'avait pas non plus de diplômes reconnus, ce qui ne l'aidait pas dans ses recherches. Pourtant, il était intelligent, débrouillard et il savait écrire mieux que la plupart des jeunes de son âge. Malgré cela, comme beaucoup d'autres, il avait dû se contenter de ce qu'on voulait bien lui offrir. Au fil du temps, il avait revu ses ambitions à la baisse. Mais Louis était patient. Il avait compris depuis longtemps que le monde est ce qu'on en fait, pas ce qu'on attend de lui. Aussi, lassé des petits boulots sans lendemain, avait-il fini par entrer au service d'un caïd local uniquement intéressé par ses muscles. Louis espérait changer sa vie pour le mieux, mais il avait rapidement déchanté. L'argent ne valait pas tous les compromis qu'il devait faire avec lui-même. Cette voie n'était pas pour lui, et il sentait qu'il y perdait son âme, par petits morceaux.

Un jour, son patron lui avait ordonné de tabasser un pauvre type qui n'avait commis d'autre crime que de lui devoir de l'argent. Un homme ordinaire, qui n'était ni un voleur ni un truand, et qui tentait de s'en sortir du mieux qu'il le pouvait. « Pour l'exemple », avait méchamment ricané le caïd. Louis n'avait pas eu d'autre choix que de s'exécuter, mais il s'était aussitôt haï de sa lâcheté, à tel point qu'il en était rapidement devenu incapable d'affronter son propre reflet dans le miroir, le matin. Il avait fini par quitter la ville, sans un regard en arrière. La délinquance n'avait pas voulu de lui.

Louis avait alors voyagé, sans but, avant de se décider à poser ses valises dans un endroit où personne ne le connaissait, une ville dans laquelle il espérait bien se fondre. Avaient suivi des années chaotiques, marquées par sa relation sans issue avec Claudia, une succession d'emplois temporaires anonymes et sa rencontre avec le jeune Khaled – un enfant perdu, comme lui. Quand sa relation avec Claudia avait atteint le point de non-retour, Louis avait coupé les ponts. Pour autant, il s'était refusé à fuir une nouvelle fois pour tenter de recommencer ailleurs. À quoi bon ? Tous les ailleurs finissent par se ressembler, si ce qu'on y amène ne change pas. Louis se sentait bien dans cette ville où il n'était qu'un citoyen parmi d'autres. Il s'était donc contenté de changer de quartier pour ne plus avoir à croiser Claudia, et il avait jeté son dévolu sur un petit immeuble à logements d'apparence quelconque, au loyer abordable. Au fil des mois, il avait trouvé une sorte d'équilibre fragile, qui n'était guère plus qu'une façade lézardée. Comment aurait-il pu en être autrement ?

Puis un jour, en lisant les petites annonces dans les journaux, il avait trouvé cet emploi de nuit dont personne d'autre ne voulait. Un emploi stable, solitaire et sans surprise, qui lui convenait parfaitement. Louis s'était peu à peu installé dans une routine rassurante. En lui, la voix du « Sauveur » s'était tu.

Quand l'aube éclaire la ville endormie sous son épais manteau blanc, Louis regarde un nouveau jour se lever. Il a vaincu une nuit de plus.

7 – Chantage

Ce jour-là, alors que Louis dort profondément depuis plusieurs heures, inconscient de la présence des autres locataires de l'immeuble, Charlotte, elle, sort de chez Omar. À l'instant précis où la fillette referme la porte, elle tombe nez à nez avec sa voisine de palier, la dame du deuxième étage obsédée par les bactéries. Sa « gardienne » occasionnelle descend faire ses courses, emmitouflée comme pour une expédition polaire. Seul son nez pointu et ses petits yeux perçants dépassent de l'énorme écharpe et du bonnet en laine épaisse dont elle s'est affublée. Elle s'arrête net en voyant la fillette sortir d'un appartement qui n'est pas le sien et la scrute d'un air soupçonneux.

Charlotte, bêtement, se sent coupable – mais de quoi ? Elle baisse aussitôt les yeux, puis elle se faufile sans demander son reste dans l'escalier et grimpe quatre à quatre la volée de marches. Elle s'en veut; elle n'aurait pu choisir pire moment pour sortir de chez Omar ! Quand elle atteint le deuxième étage, la gamine est toute rouge et essoufflée. Elle n'a pas l'habitude de s'enfuir ainsi à toutes jambes. Mais qu'est-ce qui lui a pris ? Elle se dépêche de sortir ses clés, mais elle est énervée et ses mains tremblent, c'est bête. Le métal de sa clé cliquette contre la serrure, Charlotte a l'impression que le trou a rétréci – ou que la clé a subitement grossi. Enfin, la porte s'ouvre et, soulagée, la fillette se réfugie dans son logis, loin du regard inquisiteur de cette voisine un peu trop curieuse. Charlotte craint qu'elle ne vienne parler à sa mère et qu'elle révèle son innocente omission : Charlotte n'a toujours pas dit un mot de sa rencontre avec le vieil homme du premier, mais elle n'est pas certaine que ce soit vraiment un mensonge. Après tout, sa mère ne lui a jamais rien demandé. Et pour la première fois de sa vie, Charlotte a un vrai secret, quelque chose qui n'appartient qu'à elle; c'est un sentiment grisant. En outre, la gamine n'a aucune idée de ce que pourrait être la réaction de sa mère. Certes, celle-ci l'encourage à se faire des amis, mais Charlotte croit deviner que ce conseil s'applique à des camarades de classe plutôt qu'à un vieil homme solitaire. Et comme il est rare que les réactions de sa mère correspondent à ses propres envies, elle préfère se taire – au moins pour un temps.

Jusqu'à aujourd'hui, Charlotte pensait qu'elle ne risquait rien et que son secret serait facile à garder. Elle n'avait pas pensé aux voisins. Heureusement, sa mère n'est pas du genre à écouter les bavardages des commères de l'immeuble… De toute façon, Charlotte doute fort que la voisine, qui se soucie des autres comme d'une guigne, prenne la peine de la dénoncer. La fillette se promet toutefois de bien faire attention, à l'avenir, et de ne plus se faire remarquer. Puis elle oublie l'incident, persuadée que la chipie d'à-côté en fera tout autant.

Quelques jours plus tard, Charlotte sort de chez elle et s'apprête à descendre voir Omar. Depuis leur rencontre, elle a pris l'habitude de passer chaque jour voir le vieil homme, à son retour de l'école. Mais aujourd'hui, c'est un peu différent. C'est la deuxième fois qu'elle se rend chez Omar : elle est déjà passée dans l'après-midi, après l'école. Pourtant, elle a décidé de retourner voir le vieil homme, malgré l'heure tardive, car elle s'ennuie, toute seule là-haut. Sa mère est absente pour la soirée. Encore retenue au bureau, avec une excuse que Charlotte n'a même pas pris la peine d'écouter. Il s'agit sûrement d'une autre de ces réunions hyper importantes, apparemment bien plus intéressantes qu'une soirée avec elle. Charlotte a soupé, elle a fait ses devoirs, et elle ne sait plus comment s'occuper. Aucun programme télévisé ne l'intéresse, et elle a lu tous les livres récemment empruntés à la bibliothèque. Dehors, la nuit est tombée et l'heure du coucher lui semble encore bien loin. Aussi, après de nombreuses tergiversations, a-t-elle fini par se décider à aller voir si Omar veut bien lui tenir compagnie.

La fillette est tellement habituée à rester seule qu'elle a oublié que sa mère ne la laisse jamais totalement sans surveillance le soir. Celle-ci a beau attendre de sa fille une attitude d'adulte, elle la considère toujours comme une enfant et, en temps normal, cela agace profondément Charlotte. Mais ce soir, la fillette n'y pense plus – et c'est un tort, car à la demande de sa mère, la voisine aux gants de caoutchouc a laissé sa porte entrouverte, pour pouvoir jeter un œil sur Charlotte et l'entendre appeler en cas de besoin. La fillette est bien trop préoccupée par une grave question pour s'en soucier : à quelle heure un vieil homme comme Omar va-t-il se coucher ? Ne risque-t-elle pas de faire montre d'une impolitesse flagrante, et de se faire sèchement éconduire ?

Toute à ses pensées, elle ne remarque pas la voisine sortir, derrière elle, sur le pas de sa porte, une éponge moussante et dégoulinante à la main. L'œil soupçonneux, la femme regarde

Charlotte descendre l'escalier, avant de lui emboîter le pas en catimini. Elle arrive sur le palier juste à temps pour voir la fillette s'engouffrer dans l'appartement d'Omar. Son visage se durcit.

Charlotte est contente : Omar a souri en lui ouvrant la porte, et il n'a pas hésité une seule seconde à l'inviter à entrer. Bien sûr, il lui a demandé si sa mère savait où elle était, mais Charlotte a esquivé la question. Les excuses sincères et un peu hésitantes de la gamine, qui a peur de se montrer impolie en venant le déranger à l'heure du souper, touchent le vieillard. Il en oublie ses réticences. Après tout, il n'est pas si tard : la demie de six heures vient tout juste de sonner sur sa vieille horloge.

Charlotte promet à Omar qu'elle ne restera pas longtemps, mais elle demande si elle peut jouer un moment avec le cheval de bois, encore primitif, qu'Omar s'applique à façonner sous ses yeux, jour après jour. Elle aime tant l'univers du vieil homme ! Les objets qu'il a lui-même fabriqués la fascinent. Pour Charlotte, le passe-temps d'Omar est très singulier, même s'il n'a rien d'une lubie. La fillette ne connaît guère que les marchandises qu'on achète toutes faites dans les magasins et qui sont toutes pareilles. Rien à voir avec le bric à brac qui s'entasse chez Omar.

Charlotte s'assoit au salon, par terre, pendant que le vieil homme lit, assis dans son profond fauteuil, dans le coin de la pièce. Il a sorti pour elle des feuilles et des crayons, ainsi qu'un livre pour enfant, relique d'une époque lointaine. Serein, il relève de temps à autre les yeux pour regarder jouer la fillette. Une dizaine de minutes s'écoulent paisiblement quand, tout à coup, la porte s'ouvre à la volée, sans que le nouvel arrivant prenne la peine de frapper pour s'annoncer. Charlotte sursaute et se cogne contre le cheval en bois. Omar aussi sursaute violemment, soudain tiré de sa douce torpeur. La fillette, interloquée et choquée, voit sa voisine de palier se précipiter dans l'appartement comme une furie. La femme – elle ressemble à une vraie sorcière, avec ses cheveux en bataille et ses gants de caoutchouc; il ne lui manque plus que le balai pour que l'illusion soit parfaite – se met à parler sèchement à Omar, sans lui laisser le temps de réagir à son arrivée intempestive. Elle se lance dans une diatribe virulente, et totalement injustifiée, dans laquelle elle accuse tout à trac le vieil homme de pensées, sinon de gestes, inopportuns et d'outrage sur mineure. Charlotte se fait toute petite sur le tapis. Elle ne comprend pas bien tout ce qui se dit, mais elle sait qu'elle s'est mise dans de beaux draps. Ce qui l'embête davantage que le risque d'une punition cependant, c'est qu'Omar semble visé sans qu'elle sache pourquoi.

Puis la voisine se retourne et aperçoit Charlotte assise par terre, sidérée. La fillette est bien habillée de pied en cap, elle a la main posée sur un jouet de bois grossier et inachevé et le seul jeu auquel elle se livre est bien innocent. Des crayons de couleurs et des feuilles de papier maladroitement coloriées l'entourent. Le flot de ses paroles se tarit soudain et le regard de la femme passe du vieil homme abasourdi – mais en colère – à la fillette, avant de revenir sur Omar. Puis elle remarque le verre de lait vide posé sur la table, à côté de ce qui ressemble à un vieux livre d'images aux pages écornées. Écœurant, mais inoffensif. Un coup d'œil circulaire au décor de l'appartement suffit à finir de la convaincre que l'homme assis devant elle est un vestige du passé, un vieux gâteux un peu trop seul qui a besoin de compagnie et d'une oreille pour y déverser ses vieilles histoires rances, encore et encore. Un homme tout aussi inoffensif que le livre pour enfants posé sur la table basse. La femme réfléchit quelques instants, puis abandonne toute idée déplacée. Il ne se passe rien, ici. Le vieil homme est à l'évidence bien trop faible pour faire du mal à qui que ce soit – elle se demande même si, en cet instant, il serait capable de se lever –, et la gamine elle-même pourrait le casser en deux d'une simple poussée. Écœurant et pathétique, mais bel et bien inoffensif.

En réalité, la voisine se moque complètement de ce que Charlotte fait dans cet appartement. Comme elle le répète souvent à qui veut bien l'entendre, chacun vit sa vie et elle n'est pas là pour jouer les bons samaritains. Par contre, la situation pourrait bien être à son avantage… La mère de Charlotte ne semble pas être au courant de cette amitié étrange, sinon elle le lui aurait dit. Ce n'est pas un oubli : l'attitude de la fillette suffit à la renseigner sur ce point. La voisine comprend donc rapidement que s'entêter à lancer des accusations, qu'elle sait pertinemment idiotes et sans fondements, risque de lui faire perdre bien plus qu'elle ne peut gagner au *statu quo* de la situation actuelle. La mère de Charlotte la paye pour garder un œil sur sa fille pendant ses absences répétées, mais a-t-elle vraiment besoin de savoir que sa fille a changé de *baby-sitter* de son propre chef ? Pourquoi se priverait-elle d'un revenu aussi facilement gagné que celui-là, quand personne – elle la première – n'y trouve rien à redire ?

Omar est toujours silencieux. La voisine ne lui laisse pas le temps de se remettre de ses émotions. En quelques secondes, sa décision est arrêtée. Prenant un air honteux, elle s'excuse froidement de son erreur, « mais vous comprenez, le malentendu est compréhensible, de nos jours on ne sait jamais à qui se fier. » Continuant sur sa lancée, elle argue de son inquiétude sincère pour Charlotte pour expliquer son intrusion quelque peu violente. Après tout, elle est responsable de la fillette en l'absence de sa génitrice. Prudente, elle prend soin de ne pas trop forcer la note; elle est allée déjà bien assez loin ce soir ! Enfin, certifiant à Omar qu'elle est totalement rassurée par ce qu'elle a vu et qu'elle reste à sa disposition en cas de problème, la voisine fait demi-tour et ressort de l'appartement. Elle ne comprend vraiment pas l'intérêt – et encore moins l'affection – qu'un adulte, quel qu'il soit, peut éprouver pour une gamine aussi bête et maladroite que Charlotte, mais cela lui est bien égal. Tout est sous contrôle.

Omar est toujours sous le choc. Il n'a rien dit, car il est bien trop secoué, cloué sur place à la fois par l'ébahissement et la colère. Il n'en revient pas qu'on ait pu l'accuser de ce genre de geste honteux, lui, un vieil homme respectable qui a toujours vécu selon des principes stricts ! Cet incident le pousse à se demander si sa relation avec la fillette est bien saine, après tout.

Il ne savait pas que Charlotte avait une gardienne, et il ne savait pas non plus que sa mère était absente. Il est vrai que la fillette a toujours évité de parler de sa situation familiale, et il a naïvement pris pour acquis que la mère était au courant de ses visites. Il semblerait que ce ne soit pas le cas. Pourtant, il n'arrive pas à lui en vouloir. Son esprit est focalisé sur les accusations à demi-mots de la voisine. Il s'en voudrait que la petite Charlotte ait à souffrir de cette situation. Pour lui, c'est différent : il est en bout de course. Ses os le lui rappellent chaque jour un peu plus. Il n'empêche, il a sa fierté et ces insinuations l'offusquent. Il a la conscience tranquille, cependant. Il n'a jamais enfreint la loi de toute sa vie et les soupçons de la folle furieuse du deuxième lui semblent tellement saugrenus qu'ils en seraient presque risibles. Il serait bien incapable de faire un geste déplacé, et de telles idées malsaines ne lui viendraient même pas à l'esprit. La scène qui vient de se dérouler lui semble irréelle autant qu'aberrante.

Soupesant rapidement le pour et le contre de la situation et les choix qui s'offrent à lui – de la négation pure et simple de ce qui vient de se passer au rejet total de l'enfant et la suppression des visites –, il finit par arriver à compromis acceptable. Il se redresse et, d'une voix douce, annonce à une Charlotte un peu étourdie et toujours silencieuse qu'à compter de demain, elle ne pourra venir lui rendre visite que l'après-midi, quand il fait encore jour, et qu'il lui faudra en demander la permission préalable à sa mère. Tout est arrivé tellement vite, mais à compter d'aujourd'hui, Omar veut faire les choses correctement. Charlotte est assez grande pour comprendre qu'il y a des règles à respecter.

Des visites de jour devraient calmer les inquiétudes de la voisine – même si Omar a du mal à croire en leur sincérité. Quoi qu'il en soit, cela simplifiera bien des choses. Le cœur est moins prompt à s'emballer quand la lumière brille. Mais le soir, quand l'obscurité noircit parfois jusqu'à l'âme, tout change et Charlotte devra rester chez elle, sous la surveillance de sa voisine, même si elle n'aime pas cela. Un peu d'ennui ou de contrariété vaut mille fois mieux que les répercussions possibles du genre de scène qu'ils viennent tous deux de subir.

Avec des mots simples et à sa portée, Omar tente d'expliquer à la fillette que ce nouvel arrangement sera plus sûr pour eux – et plus convenable aux yeux des autres. Charlotte ne saisit pas toute la portée de ce qui vient de se passer, mais elle devine qu'Omar a raison. Elle se plie donc sans trop de difficultés à sa requête. Elle aussi est sous le choc, mais elle fait confiance à Omar. À ses yeux, c'est un adulte bien plus fiable que sa voisine.

Le vieil homme, quant à lui, pressent déjà que ce nouvel horaire imposé sera une bonne chose, car ainsi tous deux n'en apprécieront que plus les trop courtes visites quotidiennes de Charlotte. Il y aurait presque là de quoi remercier la voisine ! Un léger sourire, hésitant, revient sur les lèvres du vieillard.

À la demande d'Omar, Charlotte prend congé sans plus attendre. « Ce n'est pas la peine de donner à ta voisine des raisons de revenir », lui dit gentiment le vieil homme. « Laissons-la se calmer un peu, et tu reviendras demain. » Charlotte est encore ébranlée, mais la voix grave et chantante d'Omar la rassure. La stupeur et la panique refluent lentement en elle. Elle sourit donc au vieil homme en quittant son appartement.

La fillette remonte chez elle en comptant machinalement les marches de l'escalier, en une litanie apaisante. Mais, alors qu'elle sort sa clé de sa poche en tendant la main vers la poignée, elle entend la porte de l'appartement voisin s'entrebâiller avec un léger grincement, dans son dos. Charlotte interrompt son geste, la clé à moitié enfoncée dans la serrure, et se fige. La voisine glisse un œil dans l'ouverture de sa porte, l'air chafouin. Charlotte est certaine qu'elle la guettait derrière son judas. Oubliant ses propres torts, Charlotte rejette tout le blâme sur cette femme : tout ce qui vient d'arriver est de sa faute. La gamine ne sait plus quoi faire : rentrer et claquer la porte au nez de sa voisine, et contrevenir ainsi à tous les principes qu'on lui a inculqués, ou tenir tête à une adulte qu'elle n'aime guère ?
Elle décide de faire front, lâche la clé, toujours prise dans la serrure, et se retourne. La voisine sort de chez elle, se campe sur son paillasson et fait signe à la fillette d'approcher. Ce n'est pas une demande, c'est un ordre. Charlotte hésite, puis obtempère. La femme porte encore ses gants en caoutchouc, les mêmes que ceux qu'arborent les docteurs dans les séries télévisées américaines que Charlotte regarde parfois. Sauf qu'elle a plutôt l'air d'une sorcière que d'un médecin. Charlotte aimerait lui

arracher ces maudits gants, les déchiqueter et piétiner les lambeaux de caoutchouc. Elle a les mains moites à force d'anxiété, et son cœur se met soudain à cogner violemment dans sa poitrine.

La voisine, qui semble n'avoir rien remarqué, chuchote alors avec des airs de conspiratrice : « Tu vas rendre visite aux vieux maintenant, ma petite fille ? Tu devrais plutôt avoir des amis de ton âge. Et dire qu'il n'est même pas de ta famille… » Le cœur de Charlotte manque un battement dans sa poitrine; le ton de la voisine laisse clairement entendre qu'elle désapprouve son attitude envers Omar. « Et je crois bien que ta mère n'est pas au courant », ajoute sournoisement la femme, avec un petit rire aigu. Charlotte a la gorge sèche, elle est incapable de répliquer. Puis le visage de la voisine se fait dur : « Alors écoute-moi bien : je ne dirai rien si toi, en retour, tu ne dis pas à ta maman que ce n'est plus moi qui te surveille tout le temps. On est d'accord ? »

Charlotte a beau n'être qu'une enfant, elle n'est pas stupide. Elle comprend brusquement que sa voisine préfère se faire complice d'un mensonge plutôt que de perdre un avantage que la gamine devine pécuniaire. C'est tout ce qui semble compter. Soulagée dans un premier temps, Charlotte laisse échapper un long soupir. Elle ne s'était même pas rendu compte qu'elle retenait son souffle. Elle est certes mal à l'aise et quelque peu troublée, mais il est plus simple d'accepter sans mots dire les conditions de cette femme. Pour Charlotte, cependant, c'est le monde à l'envers : jusqu'alors, elle croyait que les adultes ne mentaient jamais. Elle vient de tomber de haut.

Cette nuit-là, Charlotte dort d'un sommeil sans rêve et le lendemain, tout lui apparaît sous un jour nouveau. Elle a grandi.

8 – Réminiscences

Louis vient tout juste de terminer sa dernière ronde. Le jour pointe à l'horizon, mais la nuit s'accroche encore à la ville par lambeaux de noirceur. Louis n'a pas vraiment envie de rentrer chez lui, ni de dormir. Ça lui arrive très souvent, ces derniers temps. Même ses derniers jours de congé, il les a passés dehors, dans des parcs, ou à la bibliothèque, dans des cafés…

Aujourd'hui, il erre dans les rues, l'esprit vide. Vide du trop-plein des quelques jours qui viennent de s'écouler. Il se laisse dériver, sans vraiment prêter attention à ce qui l'entoure. Il marche et c'est tout ce qui compte. Certains blocages semblent disparaître au rythme de ses foulées, au hasard de ses itinéraires, et ses pensées perdent de leur force. C'est une méditation en mouvement. Louis se laisse traverser librement par ses peurs, comme un nuage qui dérive, poussé par le vent. Il peut ainsi parcourir la ville pendant des heures. En fait, il préfère de loin la marche à la musculation ou à la course à pied, qu'il se sent pourtant obligé de pratiquer régulièrement. Louis ressent un besoin presque viscéral de cultiver sa force, peut-être pour mieux se rappeler le fameux passage à tabac qu'il ne s'est toujours pas pardonné.

Et de temps à autre, Louis aime s'infliger une bonne suée : les gouttes de sueur qui dégoulinent le long de son corps et qui brûlent ses yeux sont, pour lui, une panacée. Il ressent cette exsudation comme la seule façon efficace de « sortir le mauvais » de son corps et de sa tête, comme si les toxines n'étaient pas les seules substances néfastes à éliminer. Quand il se sent vraiment déboussolé, dans les moments où sa vie l'entraîne dans un tourbillon de plus en plus sombre où il perd pied, Louis brutalise son propre corps en lui imposant des exercices qui l'empêchent de penser et de s'apitoyer sur lui-même. Dans ces moments-là, il s'entraîne jusqu'à ce que ses muscles le brûlent et que l'épuisement le terrasse.

Louis marche toujours, et il n'a pas vu les rues et les carrefours apparaître et disparaître autour de lui. Aucun repère n'a suffisamment capté son attention pour le préparer à sa destination inconsciente. La tête légèrement penchée vers l'avant, rentrée dans les épaules, les mains enfoncées dans les poches de son manteau, il marche en gardant les yeux baissés sur le trottoir, qui a le même flou que la ligne centrale d'une route défilant sous les roues d'une voiture. Louis avale les kilomètres. En cet hiver glacial, le béton a laissé place à un mélange de gris sale et de blanc éclatant, la neige déflorée témoignant d'une activité humaine que le froid lui-même ne peut totalement juguler. Pourtant, ce matin, les rues sont quasiment désertes. La ville est recouverte d'un léger plaid d'hiver. Tout à coup, Louis se surprend à reconnaître l'artère dans laquelle il marche, et les bâtiments dont les murs sales colorent le rythme lent de son errance. Le décor a réussi à l'arracher à ses pensées et à (enfin) l'interpeller. Ses pas l'ont ramené dans son ancien quartier, vers l'appartement d'une disparue. Louis est un peu désorienté, car il a l'impression trompeuse que la mort de Claudia remonte à plusieurs mois. La découverte du corps a beau lui avoir fait l'effet d'une vague de fond puissante, elle semble lointaine et presque irréelle. Louis vit une véritable révolution intérieure, qui bouscule tous ses repères.

Curieux plus qu'inquiet, Louis continue d'avancer. Chacun de ses pas laisse son empreinte, bien nette, sur le trottoir fraîchement enneigé. Il est tôt et personne n'est encore sorti : Louis est la seule ombre dans ce paysage figé et endormi. Avec amusement, il songe que, pour le premier promeneur matinal de chien, ses traces larges et profondes ressembleront à celles d'un rôdeur ou d'un animal massif. Si ce n'était de la ville, Louis pencherait pour un ours. Il ne comprend pas bien ce qu'il fait là, dans cet endroit où plus rien ne le réclame, mais il ne peut empêcher un sourire de lui venir aux lèvres. En passant devant la maison de la vieille madame Roche, son ancienne voisine, il se met à repenser à la vieille dame et à ses excentricités connues de tout le voisinage. Est-elle encore vivante ?

La boîte aux lettres, toute pimpante, porte bien toujours son nom. Le nom au complet, qui plus est : Louise Madeleine L. Roche. Louis se souvient de l'insistance de la vieille dame à ce sujet : il était hors de question qu'elle n'ait pas son nom au complet devant chez elle, et personne n'avait pu lui en faire démordre. Elle était même prête à faire fabriquer une boîte aux lettres sur mesure. Elle n'avait accepté de faire qu'une seule concession en renonçant, de justesse, à ajouter la mention « veuve », qui affirmait une qualification sociale bien antérieure à son emménagement dans le quartier et dont tout le monde était, de toute façon, déjà informé. Beaucoup de voisins murmuraient d'ailleurs tout bas que son défunt mari avait fait preuve de discernement : il avait disparu, tout simplement, un matin en allant acheter des cigarettes, pour aller refaire sa vie ailleurs. L'annonce de sa mort, quelques années plus tard (années sans aucune nouvelle de sa part), avait presque été un soulagement pour sa femme, qui retrouvait ainsi une certaine respectabilité. Louis connaissait l'histoire et, au contraire des médisants, il avait toujours eu un peu pitié de madame Roche. Il supportait donc patiemment ses longues conversations, qui tenaient d'ailleurs plus de la harangue que du dialogue. Repenser aujourd'hui à l'extravagance un peu folle mais implacable de la vieille dame apaise Louis, d'une façon qu'il a du mal à s'expliquer.

Le cœur plus léger, Louis lève les yeux vers les fenêtres de l'appartement de Claudia. Il se sent détaché. Un écriteau manuscrit annonçant « À louer – loft » en grosses lettres majuscules noires est accroché à la porte du bâtiment. Pour autant que Louis s'en souvienne, le loyer n'est pas trop élevé; un nouveau locataire ne tardera pas à emménager. Aura-t-il la curiosité de se renseigner sur les raisons morbides de la fin de bail ou sur le précédent locataire ? Louis imagine le fantôme de Claudia – la Claudia d'autrefois, rieuse et encore enjouée malgré le gouffre de détresse qui s'ouvrait sous elle – rôdant dans les parages et s'amusant comme un fou aux dépens des vivants. Cette pensée éclaire son visage d'une grâce étrange, espiègle. Son chagrin s'est adouci. Il ne comprend toujours pas, mais cela n'a plus d'importance. Peut-être la jeune femme qu'il a un jour tellement aimée a-t-elle enfin réussi à trouver cette paix qu'elle avait cherchée avec tant d'acharnement. Louis sait que la paix intérieure, tout comme le bonheur, est une chose simple mais très fragile, faite de petits riens et de grands rêves.

Après quelques instants de contemplation méditative, Louis tourne le dos à l'immeuble et à un passé qui ne l'accable plus autant qu'avant. Seul le présent *est*, disent les maîtres de la philosophie du zen. Louis est englué dans le passé depuis trop longtemps, il n'a jamais vraiment vécu dans son présent – le présent des autres, parfois, mais jamais le sien. Toutes ces années, il a porté son abandon comme un fardeau qu'il croyait devoir et pouvoir assumer, et il l'a inconsciemment imposé à tous ceux qui l'ont côtoyé. Louis a longtemps été persuadé de ne pas avoir en lui la capacité d'être heureux. Croire qu'il puisse être responsable d'une quelconque manière de la folie de sa mère était une aberration. Pire, une illusion. Ce n'est pas aux autres qu'il doit demander l'absolution, mais à lui-même.

Un coup de vent glacial lui fouette le visage et vient brusquement interrompre ses réflexions. C'est alors que Louis sent un picotement inhabituel sur sa nuque, comme si quelqu'un le regardait avec insistance. Qui pourrait bien être debout de si bon matin ? Louis pivote lentement, son regard balaie la rue déserte et s'arrête sur la maison de madame Roche. Il lui semble alors apercevoir fugitivement une silhouette derrière un rideau. Puis il voit – il rêve ? – une main qui se lève, en un salut solennel. Louis lève un bras hésitant. Il garde un instant la paume dans les airs, sans bouger, puis remet sa main dans sa poche. La vieille dame l'a peut-être reconnu, après tout. Louis tourne les talons, en imaginant son ancienne voisine, tout sourire, derrière sa fenêtre, à l'abri des ombres qui s'attardent encore en ce matin d'hiver. Elle l'aimait bien, ce grand Noir silencieux au visage triste. Sa présence et son écoute lui manquent.

Louis est maintenant prêt à rentrer chez lui. En quittant le quartier, il repense à Claudia et aux quelques mois qu'ils ont passés ensemble, à se méprendre sur les raisons de leur attirance réciproque. Sa vie est un paradoxe total.
Il s'est trompé sur toute la ligne. Toutes ces années, il n'a fait que regarder le monde à travers des verres déformants. Mais il a survécu à son passé, à ses erreurs et à ses errements. Il a droit à une deuxième chance.

Ce matin-là, en marchant dans le froid mordant, Louis se rend compte qu'au fond, il n'a jamais baissé les bras et que c'est précisément ce qui le rend si fort. Son physique n'est qu'une façade derrière laquelle il s'est longtemps caché. Il est tellement plongé dans ses réflexions qu'il ne remarque même pas, en arrivant à la porte de son immeuble, la gamine boulotte obligée de s'arrêter et de s'écarter pour lui laisser le passage, sur le trottoir rétréci par les bancs de neige accumulés au cours des derniers jours. Une gamine aux bottes d'un rouge éclatant, aux joues rebondies assorties et au regard vif.

9 – Apprivoisement

Charlotte va à l'école avec un peu plus d'entrain que d'habitude. D'abord, sa mère a pris le temps de s'asseoir à table avec elle pour déjeuner, ce qui n'arrive que trop rarement en semaine. Ensuite, la voisine n'a rien dit de leur rencontre de la veille et Charlotte sait avec certitude qu'elle se taira : un clin d'œil complice et malsain, jeté dans l'entrebâillement de la porte, est venu sceller définitivement leur « entente ». Charlotte est extrêmement mal à l'aise, mais d'un autre côté, elle est rassurée quant à sa liberté de mouvements.

Sur le trottoir, devant l'immeuble, Charlotte a croisé le grand Noir du troisième étage. Elle a failli le bousculer, mais il n'a rien remarqué. Ses yeux semblaient ailleurs. Mais pas « ailleurs » comme ceux des clochards avinés que Charlotte aperçoit parfois, accrochés à leur bouteille ou affalés dans un coin. Non, « ailleurs » d'une façon pleine de douceur. Charlotte y pense tout au long du trajet vers son école. Elle se demande si le monde intérieur de cet homme était beau et s'il y était heureux. Elle n'est pas sûre, elle n'a pas bien vu. Puis sa journée d'école commence et elle oublie l'inconnu pour tenter, sans trop de succès, de se concentrer sur tous ces chiffres et tous ces mots qui se mélangent et se bousculent, prisonniers frondeurs d'une mémoire récalcitrante. Charlotte se sent parfois prise au piège, elle étouffe, pauvre insecte retenu par une toile tissée serrée autour d'elle. Plus elle se débat, plus la toile et les mots qui la composent l'enserrent. Charlotte n'est pas plus bête que les autres, mais elle a du mal avec l'école. Elle retient toujours ses leçons tout de travers. Et comme elle ne sait pas bien non plus comment se faire des amis, elle se sent très seule. Les rappels constants de sa mère sur l'importance de faire des études et d'avoir de bonnes notes ne l'aident pas. Ils la paralysent, et son envie de faire plaisir à sa mère ne suffit pas à surmonter ses blocages – au contraire.

Charlotte accueille la fin de la journée – et avec elle, de son supplice – avec un soulagement encore teinté de honte. La maîtresse l'a envoyée au tableau aujourd'hui. À l'appel de son nom, la fillette est devenue toute rouge. Elle a manqué trébucher sur le pied du grand Carl, assis au premier rang, en essayant de monter sur l'estrade. Puis elle s'est figée devant toute la classe, incapable de dire ou de faire quoi que ce soit. Les joues brûlantes, la craie à la main, elle ne pensait qu'à une seule chose : être ailleurs. Finalement, sous les yeux moqueurs des autres élèves, elle a bredouillé quelques mots inintelligibles avant de s'avouer vaincue. La maîtresse a secoué la tête, en silence. Charlotte a cru lire de la pitié dans son regard, et elle déteste cela plus que toute autre chose. C'est blessant. Elle préfère encore se faire railler ou conspuer par les autres élèves : sa honte fait alors place à la colère – contre elle-même autant que contre les autres. Mais la maîtresse tolère peu les réactions bruyantes et ne laisse jamais le désordre s'installer dans sa classe. Cette fois encore, elle a rapidement mis bon ordre aux démonstrations intempestives des enfants les plus turbulents, mais Charlotte sent un poids peser sur ses épaules. Le poids de tous ces regards, peut-être. Ou le poids de son incapacité. Et pourtant, pour une fois, elle connaissait la réponse.

Après cette humiliation, et les quolibets qu'il a bien fallu supporter au réfectoire pendant l'heure qui a suivi, la fillette rentre chez elle à pied. Seule, comme d'habitude. Elle se dépêche, mais les doutes l'assaillent : et si Omar ne voulait plus la voir, après la scène d'hier ? S'il croyait, lui aussi, qu'elle est « bête à manger du foin », comme l'a dit un jour le grand Carl, ce prétentieux toujours sûr de lui qui ne manque jamais une occasion de l'embêter ? La fillette refuse pourtant de se laisser abattre. Sa mère dit toujours qu'il faut faire sa place dans ce monde difficile, et cette fois, Charlotte est prête à se battre pour prouver à Omar qu'elle est digne d'intérêt. Elle se moque bien de Carl et de tous les autres, mais le vieillard l'a écoutée et l'a réconfortée sans rien demander en échange, et Charlotte sent son cœur plus vaste quand elle est chez lui. Et si elle prend physiquement de la place, elle sait aussi se faire toute petite pour ne pas déranger. Elle a l'habitude.

Aussitôt rentrée, elle court se changer. Puisque les vêtements prêtés l'autre fois par Omar étaient si ternes, cela doit signifier que le vieil homme n'aime pas trop les couleurs vives. Charlotte veut mettre toutes les chances de son côté et réussir à faire au moins plaisir à quelqu'un, aujourd'hui. Elle sort du fond de son armoire les vêtements les plus neutres qu'elle possède, qu'elle ne met presque jamais mais qui sont suffisamment récents – son père les lui a achetés le mois dernier – pour qu'elle puisse encore les enfiler. Ceux de l'année passée, à peine usés, ont fini dans une friperie; ils la boudinaient déjà trop.

Quand elle regarde dans le miroir, elle voit une fillette disgracieuse qui la fixe sans rien dire, avec curiosité. C'est elle, et ce n'est pas vraiment elle. Charlotte se sent presque nue sans toutes ses couleurs. Soucieuse, toujours inquiète de l'accueil qu'Omar lui réserve, elle file à la cuisine, ouvre le frigidaire et y prend une mousse au chocolat. Elle attrape une cuillère dans l'évier, la rince rapidement, puis descend frapper à la porte d'Omar, son goûter à la main. C'est ouvert, comme d'habitude, mais elle tient à annoncer son arrivée. Le vieil homme l'accueille avec un sourire qui n'hésite pas, un sourire qui illumine le cœur de la fillette. Tous ses doutes s'évanouissent d'un seul coup. Il était absurde de penser qu'Omar la rejetterait. Comme elle, il est seul et heureux d'avoir de la compagnie. Il lui a d'ailleurs préparé un bol de lait chaud et des tartines beurrées. Un peu gênée, penaude, Charlotte tente de cacher sa mousse au chocolat derrière son dos, avant de la poser dans un coin, avec sa veste. Elle ne veut pas faire de peine à Omar, alors elle la mangera plus tard. Omar fait semblant de ne rien voir, mais ses yeux pétillent.

Il s'attable avec la gamine, la regarde manger, rit de la moustache que le lait dépose sur sa lèvre supérieure. Charlotte se sent bien, dans cet appartement qui sent un peu le renfermé et une autre odeur qu'elle n'arrive pas à identifier – celle de la vieillesse. Pendant que la gamine goûte, Omar, saisi d'une impulsion, se lève et va chercher ses photographies. De vieux souvenirs passés, comme lui. Des images de sa vie, de sa famille. Il est temps de présenter sa femme à Charlotte. Omar est un homme de la vieille école, fidèle et respectueux des disparus; sa femme vit toujours dans son cœur, même après toutes ces années. Bien sûr, avec le temps, sa mémoire s'est affaiblie, et seuls les moments heureux sont restés vivaces. Pourtant, malgré toute sa volonté et son amour, l'un et l'autre encore intacts, il n'arrive plus à retracer avec précision le visage de son épouse, qui s'estompe dans un flou hamiltonien. C'est pourquoi il chérit les quelques photos qu'il a précieusement conservées : elles le préservent d'oublier la finesse des traits et le reflet des cheveux de celle qui a partagé sa vie. Il se souvient cependant parfaitement de son rire, clair et moqueur, et de sa façon si particulière de poser sa main sur son bras, une main aussi légère qu'un oiseau fragile sur une branche noueuse.

Elle s'appelait Adèle, mais Omar la surnommait affectueusement « son Adélée ». Un petit mot doux, précieux et intime, qui lui signifiait à la fois son amour et tout ce qu'elle représentait pour lui : un ange ailé et adulé qui le comblait de bonheur. Il l'avait appelée ainsi dès leur première rencontre, et elle avait compris et accepté cet hommage sincère et désintéressé. Omar n'oublierait jamais l'étincelle qui avait enflammé son regard ce jour-là. Le sourire un peu tordu qui avait alors illuminé son visage, un coin de sa bouche comiquement relevé, une fossette plus prononcée que l'autre, allait rapidement lui devenir familier. L'éclat de ce sourire se communiquait à tout son visage. Dans ces moments-là, pour Omar, le monde entier se résumait à ce seul visage. Encore aujourd'hui, le vieil homme ne peut y repenser sans une infinie tendresse.

Leur fille avait hérité de ce sourire. Quand elle était petite, elle babillait et riait constamment. Mais, au fil des ans, son sourire de travers, si semblable à celui de sa mère, s'était fait de plus en plus étriqué et figé. Elle avait perdu sa candeur, et Omar avait été un témoin impuissant de ce changement. Aujourd'hui, à chaque fois qu'il essaye de la faire rire avec un de ses vieux tours ou qu'il tente de lui parler des jouets qu'il fabrique pour son seul plaisir, elle lui lance un regard sévère et lui rappelle sèchement qu'elle n'est plus une enfant et que lui-même devrait faire quelque chose de plus constructif avec son « talent ».

Le vieil homme est heureux d'avoir retrouvé, dans le sourire de Charlotte, la trace de cette candeur et de cette innocence qu'il n'avait pas vues depuis si longtemps – et qui lui manquaient tant.

Omar montre à Charlotte les clichés écornés, aux couleurs passées, que ses yeux ont maintes et maintes fois parcourus. Il lui raconte des anecdotes de son passé, des bouts de vie, des bribes de sa jeunesse enfuie. Omar parle bien, sa voix est chaude et envoûtante. Charlotte est suspendue à ses lèvres. Chez elle, il n'y a aucun album de photographies. La fillette possède bien quelques clichés de ses parents, posés sur sa commode, mais elle ne sait pas où sont passés tous les autres – dans une boîte, à la poubelle ? Ils n'ont jamais pris beaucoup de photos, c'est vrai, et le temps des sourires et des poses en famille paraît bien loin. Aussi Charlotte est-elle fascinée par les vieilles photos abîmées que le vieillard fait défiler devant ses yeux. Immortalisée en noir et blanc, sa femme rayonne d'une joie qui la rend belle malgré son visage anguleux et ses traits quelconques. Puis les photos changent : Adèle disparaît, et une petite fille la remplace sur les images. Cette petite fille grandit au fil des pages tournées, souvent seule sur les photos puisque c'est Omar qui tient l'appareil.

Charlotte écoute de tout son être les histoires qui accompagnent ce voyage dans le passé. Heureux d'avoir enfin un auditoire, le vieil homme prend son temps. Il cherche à faire sourire la fillette. Son sourire, franc, éclatant et spontané, est encore trop rare mais il est si joli, surtout quand il s'accompagne de petites étoiles au fond des yeux !

Charlotte s'interroge sur sa propre famille. Elle ne connaît pas ses grands-parents, morts avant sa naissance, ni leurs ancêtres. Personne n'a jamais pris la peine de lui en parler. En écoutant Omar, la fillette se demande également à quel point elle connaît ses propres parents et leur histoire. Comment se sont-ils rencontrés ? Elle n'en sait rien et n'a jamais posé la question. Charlotte se sent un peu triste de s'apercevoir que les seules histoires qu'elle connaît sont les contes pour enfants qu'elle a découverts dans les livres, à la bibliothèque de son école. La fillette invente en cachette mille et une aventures dont elle est l'héroïne, toutes plus extravagantes les unes que les autres. Charlotte embellit la vie en la drapant d'imaginaire. Il est si facile de plonger dans la mer de son monde intérieur. Aujourd'hui, elle écoute, fascinée, quelqu'un lui parler d'un temps qu'elle n'a pas connu et ne connaîtra jamais. Quelqu'un qui semble aussi heureux de raconter qu'elle l'est d'écouter. Pour la fillette, c'est un moment magique. Ils sont précieux, ces petits riens que les autres ne voient plus...

Au bout d'un moment, le vieillard se tait. Il a la gorge sèche. Il n'a pas parlé ainsi depuis bien longtemps. Sa fille et ses petits-enfants détestent l'entendre « remâcher le passé ». Depuis qu'il l'a compris, Omar a cessé de les importuner. Après tout, si lui reste à jamais pris entre deux mondes et deux cultures, ce n'est pas le cas de sa fille. Il l'a élevée pour être partie intégrante de la société, pour qu'elle ne se sente jamais rejetée, comme lui l'a été. Elle ne connaît rien du pays d'origine de son père, sauf ce qu'elle l'a entendu en dire ou les images qu'elle a vues à la télé, et elle n'a jamais cherché à renouer avec ses racines, trop lointaines. Elle répétait souvent qu'il est inutile de s'appesantir sur le passé. En fait, Omar est un tel conteur que sa fille trouvait souvent difficile de faire la différence entre la réalité et le rêve; plutôt que de devoir trancher, elle a préféré ne pas s'en soucier. Certains jours, Omar se demande ce qu'aurait été sa vie s'il n'avait pas immigré. Mais contrairement à ce que pense parfois sa fille, il n'a jamais regretté son déracinement. Sans cela, il n'aurait jamais rencontré sa merveilleuse épouse. Et malgré le vide laissé par cette dernière, la vie est plus facile ici. C'est d'ailleurs peut-être là le cœur du problème : tout est trop facile et personne ne veut plus faire d'efforts. Surtout pas celui d'écouter les vieux.

Quand Charlotte rentre chez elle, quelques heures plus tard, elle a le cœur léger et la tête remplie d'images et de rêves. Omar a le cœur léger lui aussi, mais le corps lourd. Il est soudain pris d'une grande lassitude, une fatigue qui l'écrase et qu'il ne comprend pas. Une fatigue qui se loge dans le creux même de ses os.

10 – Changements

Cette semaine-là, le temps a semblé se distordre; son fil s'est déroulé sans heurts mais d'une étrange façon. Les nuits de Louis se sont succédé, toutes semblables dans leur routine de surveillance, exercice inutile du fait même de son existence – un paradoxe qui a toujours fasciné Louis. Pourtant, tout était différent. Louis n'a pas vu passer les heures. Il a changé. C'est angoissant, et un peu excitant aussi. Tout lui semble aujourd'hui plus lumineux et plus ouvert. Malgré sa crainte de se fourvoyer une fois de plus, Louis a réussi à faire taire la petite voix intérieure qu'il a baptisée son « censeur personnel ». Ce n'est pas un petit diablotin perché sur son épaule, mais plutôt une version hypercritique de lui-même. Un lâche, aussi. Mais Louis a décidé que plus rien ne le retiendrait. Il est temps de découvrir qui il est et ce dont il est capable.

Louis a d'ailleurs bien entamé la reprise en main de sa vie. Il a profité de ses longues heures de surveillance nocturne pour réfléchir posément à ses ambitions. Sa plus grande appréhension a toujours été, et reste encore aujourd'hui, l'abandon. Cette phobie émotionnelle le bloque et le conduit toujours dans des relations sans issues ou de longues périodes de solitude protectrice. Aujourd'hui, il pense avoir enfin réussi à pardonner à sa mère. L'enfant paniqué par le manque d'amour, devenu un adulte persuadé de ne pas valoir un attachement sincère, s'efface peu à peu. Sa mère était une femme instable et déséquilibrée, une âme perdue et esseulée n'ayant jamais bénéficié d'aucun soutien psychologique, mais il lui a longtemps fait porter le blâme des échecs de sa propre vie. C'était plus facile. La vérité, c'est que sa mère n'a tout simplement pas su faire face lorsqu'elle s'est retrouvée livrée à elle-même, un enfant agrippé à elle comme une tique sur un chien. Et elle a fui, parce qu'elle ne savait pas quoi faire d'autre. Louis veut croire qu'avant d'être totalement consumée par sa folie, elle a pensé à son bien-être à lui. Loin d'elle. Mais il n'était qu'un enfant, et il a été blessé. Comment aurait-il pu en être autrement ?

Il lui a fallu plus de temps et bien des rondes nocturnes pour enfin arriver se pardonner lui-même. Pardonner à l'enfant qu'il avait été, qui s'était vu incapable de retenir sa propre mère et qui avait porté le poids de cette culpabilité irrationnelle tout au long de sa vie. Indigne de l'amour d'autrui, même – et surtout – de celui d'une mère, cet enfant-là avait tenté de masquer son vide derrière une main toujours tendue aux autres. En quelques heures, dans ce cimetière maudit, Louis avait vu son monde s'écrouler, et il n'a jamais su depuis comment le rebâtir. Aujourd'hui, il ne sait plus bien qui il est, et c'est un soulagement.

Car il n'est pas celui qu'il croyait.

Toute la semaine, Louis travaille dans un état second, accomplissant ses rondes machinalement. Et ce n'est que lorsqu'il se retrouve en congé, accablé de fatigue mais bizarrement plein d'une nouvelle énergie, que l'idée vague qui lui trotte dans la tête depuis quelques jours prend forme : la réorientation professionnelle. Certes, il n'a jamais eu la chance d'aller à l'université ni de faire des études supérieures, mais il est certain d'en avoir les capacités. Il est possible de changer de métier, des milliers de gens le font chaque jour. Pourquoi pas lui ? Il est prêt à faire tous les efforts nécessaires pour y arriver. Et aujourd'hui, la vie lui ouvre les bras. Son quotidien, tranquille et sans heurts, lui semble soudain bien terne.

Louis se souvient avoir rêvé d'être professeur, quand il était plus jeune. Avec le recul et l'expérience, il songerait maintenant plutôt à aider les jeunes en difficulté, ceux qui lâchent les études, ceux qui se retrouvent à la rue, ceux qui se cherchent. Cette idée, surgie du chaos de ses pensées au beau milieu d'une nuit noire, s'accroche à lui et ne le lâche plus. Plus il y pense, plus il se dit qu'il est fait pour guider ceux dont la vie manque cruellement de modèles. Inconsciemment, Louis cherche à transmettre un héritage qu'il n'a jamais eu.

Petit à petit, l'idée fait son chemin. Le plus dur est de faire le premier pas, d'oser tenter de concrétiser son envie. Louis a besoin d'un peu de temps pour franchir l'obstacle du doute, mais il finit par se décider à aller de l'avant, peu importe ce qui l'attend au tournant de la route. Louis en a terminé avec les regrets. Il veut agir, mais sans pour autant brûler les étapes. Il commence donc par passer quelques coups de téléphone pour se renseigner sur les formations offertes dans le domaine qui l'intéresse. Il se rend aussi à la bibliothèque pour consulter gratuitement l'Internet et naviguer dans les eaux délicates de l'éducation pour adultes. Retourner sur les bancs de l'école lui fait un peu peur, et il est bien conscient que les années à venir risquent d'être difficiles. Il lui faudra continuer à gagner sa vie tout en étudiant. Mais d'autres l'ont fait avant lui. En outre, il sent que, cette fois, il est sur la bonne voie : la sienne. Une telle formation pourrait aussi se révéler une bonne occasion de rencontrer des gens ayant les mêmes rêves que lui et avec qui il pourrait, peut-être, se lier d'amitié. A-t-il déjà eu de vrais amis, de ceux qui amènent sur le visage un air aussi épanoui que celui qu'a parfois la gamine boulotte qu'il croise dans les escaliers de son immeuble ? Il repense soudain avec une tendresse inusitée et surprenante à la fillette qui habite au deuxième étage, juste en dessous de chez lui, et qui porte gauchement ses kilos en trop.

Il réalise d'ailleurs brusquement qu'il y a quelque chose de curieux chez cette fillette, depuis quelque temps. Ce sourire un peu niais, pour commencer, qui se fait de plus en plus fréquent, sans compter qu'il la croise bien plus souvent qu'à l'accoutumée dans les escaliers. Louis ne la voit plus seulement le matin, lorsqu'elle part à l'école et qu'il rentre se coucher. Maintenant, il se heurte aussi régulièrement à elle à l'heure où il part travailler. Tous deux se croisent dans les escaliers, dans un étrange pas de deux plein de maladresse. La gamine est bien élevée, elle essaie à chaque fois de laisser le passage à Louis. Elle se colle contre le mur, à plat dos, un peu tordue car ses pieds sont sur des marches de différente hauteur, les deux mains appuyées au mur pour tenter de garder un équilibre instable. Louis est costaud, la fillette n'est pas mince. L'escalier, lui, est étroit. Louis sourit en repensant aux efforts désespérés de la fillette pour se faire toute petite. Elle ne ressemble pas aux autres enfants : elle est calme et toujours un peu gênée – par son poids ou par sa maladresse ? Louis se rappelle avoir souvent vu le rouge lui monter aux joues. Il se souvient aussi ne pas avoir fait beaucoup d'efforts, de son côté. Et il le regrette, tout d'un coup. En y réfléchissant, il lui trouve l'air plus heureux ces derniers temps, plus épanoui. Elle est plus assurée également, et leurs rencontres sur les marches en sont devenues moins pénibles. Elle le gratifie plus volontiers d'un sourire un peu timide, qui monte jusque dans ses yeux. Louis réalise soudain que c'est exactement pour cette raison qu'il la voie aujourd'hui : elle ne disparaît plus – ne se cache plus ? – derrière sa timidité. Il s'en veut aussitôt de ne pas l'avoir compris plus tôt. Il se promet de lui parler, la prochaine fois, et de faire plus attention. Certes, il a décidé de prendre enfin sa vie en mains, mais cela ne signifie pas pour autant qu'il doive se couper du reste du monde et ne plus prêter attention à rien. Surtout pas aux autres.

La fillette semble l'avoir compris, elle.

11 – Une journée ordinaire

Ce matin, Charlotte se lève dans un appartement silencieux. Vide. Sa mère est partie tôt. Rien d'inhabituel pour la fillette, mais elle est quand même déçue. Elle sait bien que cela ne change pas grand-chose, car elle et sa mère se parlent peu, le matin. Les seuls échanges sont sans importance pour l'une bien que primordiaux pour l'autre : « Dépêche-toi, ma puce, tu vas être en retard à l'école ! » ou « Ça suffit comme ça, le cacao dans ton bol, tu n'auras bientôt plus de place pour le lait… »

Il n'empêche : Charlotte est triste quand même. C'est mieux, quand sa mère est là, même si elle virevolte entre la cuisine et la salle de bains, une tasse de café brûlant à la main, toujours en train de chercher ses affaires. Son énergie est étourdissante, au point que Charlotte en aurait presque la nausée. Mais parfois, elle caresse en passant les cheveux de sa fille, en un geste spontané et tendre. Pour Charlotte, c'est comme un vent chaud qui la décoiffe gentiment et lui réchauffe le cœur. Elle n'y aura pas droit ce matin.

Charlotte soupire, puis elle s'approche du réfrigérateur pour en sortir le lait qui accompagnera son chocolat en poudre. Et soudain, un petit sourire apparaît au coin de ses lèvres : sa mère a pensé à lui laisser un mot, ce qui n'est pas arrivé depuis un bon moment. Un petit papier rose attend sagement, tel un affectueux clin d'œil maternel, épinglé sur la surface blanche du monstre de la cuisine – ainsi que Charlotte appelait autrefois le réfrigérateur –, sous l'aimant personnalisé que Charlotte déteste tant parce qu'il porte sa photo. Le cliché a été pris avant la séparation de ses parents. Charlotte grimace bêtement là-dessus, pourtant sa mère refuse de le changer malgré ses supplications. La fillette attrape le papier et déchiffre l'écriture pressée de sa mère.

C'est Charlotte qui a eu l'idée de ce système de communication par mots interposés, lorsque sa mère et elle se sont retrouvées seules dans ce nouvel appartement. Une idée très utilitaire, au départ : Charlotte s'était vite fatiguée de découvrir, en se levant, que sa mère était déjà partie et qu'il n'y avait plus de lait ou de pain, et pas d'argent non plus pour lui permettre d'aller faire un saut au dépanneur du coin de la rue. Un matin, excédée, elle avait arraché une page d'un de ses cahiers, y avait griffonné un mot qu'elle avait ensuite fixé sur le réfrigérateur, avec un simple morceau de ruban adhésif : « Maman, s'il te plaît, il n'y a plus de pain, je n'ai pas de sous et j'ai faim !! » Ce soir-là, Charlotte s'était couchée sans avoir revu sa mère, particulièrement prise par son travail. Et quand elle s'était levée le lendemain, elle était à nouveau seule. Mais elle avait trouvé sur le frigidaire un morceau de papier maintenu par un aimant – une nouveauté – et portant l'écriture ronde et penchée de sa mère : « Désolée, ma chérie ! Peux-tu aller en acheter ? Merci ! », avec un billet de dix dollars coincé sous l'aimant.

Depuis lors, l'aimant a été personnalisé par les soins de sa mère, et Charlotte et cette dernière se « parlent » régulièrement par papiers interposés. La fillette s'est assez vite lassée de la nouveauté et maintenant, lorsqu'elle trouve un mot de sa mère, elle se sent prise au piège de sa propre invention. Elle préfèrerait mille fois un échange direct. Mais pour cela, il faudrait que sa mère soit disponible un peu plus de quelques minutes d'affilée. Alors Charlotte est bien obligée de se contenter de son système de messagerie aimantée : c'est déjà mieux que rien. Pour lui donner un peu de piment, elle s'invente des histoires d'espionnage, de microphones cachés, de messages cryptés capable de justifier l'absence totale de communication vocale… Ces derniers temps cependant, sa mère avait tendance à oublier leur rituel et Charlotte n'aimait plus beaucoup se trouver face à la blancheur uniforme du réfrigérateur, uniquement rompue par cet aimant qui semble la narguer.

Mais ce matin, il y a un mot, et Charlotte est heureuse de l'attention, même si celle-ci est purement pratique. Elle se sent exister. Un petit rien suffit souvent à faire un grand plaisir. C'est si simple, et pourtant la mère de Charlotte n'y pense pas toujours.

À l'école, ce jour-là, Charlotte est toute calme. Assise à sa place habituelle, elle rêvasse et ses pensées dérivent bien loin de la grammaire et du calcul. Elle est encore sur un petit nuage rose, duveteux et maternel. C'est fou comme quelques mots noirs, hâtivement griffonnés sur un bout de papier de couleur, peuvent changer le monde ! La fillette sourit, se tourne vers la fenêtre, ce carré de lumière dans lequel elle a appris à lire le temps qui passe… et, surtout, celui qui reste avant la « libération » – la fin des cours. Très vite, elle se perd dans la contemplation des fleurs d'étoiles que le givre trace sur un coin de la vitre; à tel point qu'elle en oublie même de grignoter ses bonbons, habituels dérivatifs qui restent aujourd'hui au fond de ses poches, dans leurs beaux emballages dorés. Seul le cours de géographie parvient à ramener Charlotte dans la réalité : elle est presque sûre d'avoir repéré sur la carte le pays d'où vient Omar et qu'il lui décrit par petites touches lors de leurs rencontres, et elle espère à chaque fois que la maîtresse va en parler. Aujourd'hui comme les autres jours, elle se redresse, les yeux brillants. Et comme chaque fois, ses espoirs sont déçus. Charlotte, dépitée, se tasse sur sa chaise. Il fait chaud, dans la salle de classe. Dehors, la fillette voit la neige scintiller au soleil. La cour prend des airs de patinoire, lisse et brillante.

Pour se distraire, Charlotte s'imagine dehors, dans la blancheur. Presque aussitôt, des images lui viennent, un peu chaotiques, puis de plus en plus nettes. Un souvenir. Peu avant Noël, quelques années auparavant, ses parents l'avaient emmenée skier : sa première et unique expérience en la matière. Déjà, à cette époque, la relation de ses parents commençait tout doucement à s'effriter, sans vague et sans bruit, comme un roc lentement usé par l'assaut répété de la mer. La fillette sentait bien parfois une étrange froideur entre ses parents, mais c'était une impression fugitive sur laquelle elle était bien incapable de mettre des mots. L'escapade leur avait fait du bien à tous les trois, et avait temporairement masqué les prémisses d'une rupture inévitable. À l'époque, les certitudes de Charlotte n'avaient pas encore été anéanties : elle croyait que les parents restaient ensemble toute la vie.

Les images qu'elle revoit aujourd'hui derrière ses paupières à demi-closes sont des images de bonheur. L'image d'une famille unie, peut-être pour la dernière fois. Par la suite, les étincelles au fond des yeux et les fous rires partagés avaient progressivement disparu pour laisser la place à l'amertume et aux disputes de plus en plus fréquentes. Charlotte se rappelle avoir joué avec ses parents ce jour-là, dans cette parenthèse de vie, dans la neige et l'air vif de la montagne. Elle avait adoré cette sortie.

Assommée par la chaleur du radiateur, Charlotte baye aux corneilles. Elle pourrait presque s'endormir, bercée par le ronron monotone de la voix de la maîtresse et les chuchotements indistincts de quelques camarades dissipés. Heureusement, la sonnerie marquant la fin des cours vient la tirer de sa torpeur. Charlotte se secoue et s'étire, puis elle range ses affaires dans son joli sac à dos rouge, pendant que ses camarades se ruent vers la sortie. Après avoir décroché son manteau de la patère du couloir, elle se prépare à affronter la température glaciale du dehors. Mais il fait beau, et le soleil rend le froid moins mordant. Charlotte aime sentir la peau de ses joues tirer sous l'effet du gel, elle aime jouer avec son souffle et claquer ses mains l'une contre l'autre pour les réchauffer – un truc que son père lui a montré. Depuis qu'elle connaît Omar, elle a aussi hâte de rentrer et, pour une fois, la perspective d'un copieux goûter chocolaté n'y est pour rien.
En fait, Charlotte mange moins ces derniers temps.

Chez Omar, Charlotte s'installe sur le sol du salon. Elle a bu le verre de lait que le vieil homme s'obstine à lui offrir, jour après jour. Elle n'a jamais osé lui dire qu'elle n'aimait pas le lait brut, sans chocolat, et elle découvre finalement qu'elle commence à s'y faire. Le vieil homme boit de l'eau, lui, et il avale aussi des comprimés qui, malgré leurs couleurs, ne ressemblent vraiment pas à des bonbons. Omar est vieux et la fillette se dit qu'il est normal d'avoir besoin de médicaments à cet âge. D'ailleurs, Omar n'a pas l'air souffrant, même si, parfois, il éprouve un peu de mal à se lever ou à marcher. En outre, il sourit toujours quand elle est là. Pour l'heure, il lui lance deux des coussins du canapé et la fillette s'aménage un nid douillet à même le tapis. Elle se prépare à regarder Omar travailler sur le cheval de bois. Le vieil homme est lent et méticuleux, et cela peut durer des heures, mais la fillette ne s'en lasse pas, d'autant qu'il lui raconte souvent des histoires pendant qu'il travaille.

Charlotte est un peu triste, car c'est sa dernière visite de la semaine à son vieil ami. Cette fin de semaine, c'est celle qu'elle passe avec son père, comme chaque mois. Il passera la chercher plus tard dans l'après-midi. D'habitude, Charlotte est plutôt contente de le voir, même si elle a des sentiments mitigés envers lui. Il est parti, il les a quittées, sa mère et elle. Elle lui en a voulu. Puis elle a senti, très confusément, que ses parents « se séparaient ensemble ». Elle ne pouvait donc pas vraiment en faire porter la seule faute à son père. Aussi a-t-elle mis fin à son refus obstiné de lui parler, et le père et la fille se sont peu à peu rapprochés. Toutefois, dans l'intervalle, leur relation avait irrévocablement changé. Charlotte a toujours été plus proche de sa mère et, une fois sa colère et son chagrin apaisés, elle a réalisé que l'éloignement de son père lui pesait de moins en moins au fur et à mesure que les jours passaient. En fait, même si elle se sentait un peu honteuse de le penser, tout allait mieux depuis son départ. L'atmosphère était plus légère.

Charlotte s'est tellement habituée à son absence qu'elle ne sait plus trop quoi lui dire quand ils sont ensemble. Trop de choses à raconter, ou si peu. Son père ne fait plus partie intégrante de son petit monde, et ce d'autant moins qu'il a refait sa vie. Bien sûr, elle est toujours heureuse de le voir et de passer du temps en sa compagnie, même si elle peine à trouver sa place entre lui et sa nouvelle conjointe, Mélanie. C'est une artiste peintre.

Depuis qu'elle a emménagé avec le père de Charlotte, ses toiles s'étalent partout dans la maison : sur des chevalets, par terre, sur et contre les murs, empilées dans un coin de l'atelier, parfois même emballées pour une exposition. Charlotte a l'interdiction absolue de pénétrer dans l'atelier sans surveillance. Et même alors, elle ne peut toucher à rien. Ce n'est vraiment pas drôle. Elle aimerait bien, elle aussi, étaler des couches de couleurs sur une toile ! Avant de rencontrer Omar et de découvrir ce qu'il est capable de créer à partir de simples morceaux de bois, elle avait l'impression qu'il ne pouvait exister d'activité plus gratifiante que la peinture. Sauf que Mélanie n'a pas toujours l'air heureux quand elle travaille : elle est concentrée, sérieuse, et parfois même ses yeux sont noirs comme si elle était en colère. Il vaut mieux alors éviter de la déranger.

Malgré ses défauts – le plus grand étant d'avoir remplacé sa mère dans le cœur et la vie de son père –, Charlotte trouve que

Mélanie est gentille. Mais elle est souvent maladroite avec Charlotte, qui ne peut s'empêcher de se sentir comme une intruse dans la nouvelle vie de son père.

Il lui reste aussi une raison d'en vouloir encore un peu à son père : il semble épanoui, heureux, alors que sa mère, elle, est toujours toute seule et sourit rarement. Quand la rancœur vient, Charlotte tente de faire « contre mauvaise fortune bon cœur » et d'oublier ses griefs d'enfant. Elle aime bien cette expression, découverte dans un livre, et l'image qui l'accompagne dans son esprit, tout en brillance. Charlotte aime visualiser les mots. « Préambule » est un de ses préférés, et Charlotte l'imagine « pré en bulles », tout léger, tout joli dans sa tête. Parfois, les mots n'ont pas le sens qu'ils devraient avoir et Charlotte a du mal à s'y faire. Comme la réalité, qui ne correspond pas toujours à ses vœux.

Omar travaille en silence sur le cheval de bois, dont l'expression fière commence à prendre forme sous ses doigts. C'est un pur-sang du désert, un coursier comme il n'en a pas vu depuis des décennies. Il n'a rien dit à Charlotte, mais il aimerait le terminer pendant qu'il s'en sent encore capable, pour lui en faire cadeau. Omar sait que bientôt, le morceau de bois sera trop lourd pour ses vieilles mains. Déjà, les outils glissent entre ses doigts tremblants; Omar n'arrive plus à serrer les jointures sans qu'un élancement douloureux lui traverse les paumes et les poignets, avant de remonter en vrille le long de ses bras, jusque dans ses épaules. Le vieil homme serre alors les dents pour ne pas laisser la douleur transparaître sur son visage. Ce cheval, il doit le finir. La fillette s'émerveille chaque jour de l'avancée des travaux, et Omar se réjouit d'avance du plaisir qu'il aura à le lui offrir, tel un petit rayon de son soleil natal. Cette perspective lui fait du bien.

Charlotte est une fillette attachante. Sa présence aide Omar à oublier ses douleurs. Elles lui rappellent que son temps est compté, mais l'inéluctable ne lui fait pas peur. Omar craint l'hôpital et la déchéance davantage que la maladie ou la mort.

12 – Retour sur images

Après le départ de Charlotte, Omar reste longtemps assis, enfoncé dans son fauteuil, le regard perdu dans le vide. Il repense à toutes les heures qu'il a passées dans ce salon, sa propre fille à ses pieds, alors qu'elle n'était encore qu'un bébé. Sa main droite, posée sur l'accoudoir, caresse machinalement le cuir usé, en un geste tendre, comme une main sur les cheveux d'un enfant. Omar se sent soudain envahi par la nostalgie, et il est pris d'une envie irrépressible de compulser une nouvelle fois ses photos. Il ne compte plus le temps passé, seul, à parcourir ses souvenirs. La mémoire des temps enfuis est importante pour Omar et il déplore le peu de cas que les jeunes en font. Qui aujourd'hui, à part sa famille, se souvient encore de son Adèle ? Et pourtant, aux yeux d'Omar, c'était une femme exceptionnelle.

Omar se souvient de leur rencontre et, par ricochets, il repense à son immigration, peu de temps avant. Le déracinement avait été douloureux, car il s'était éloigné à jamais de son pays et de sa famille. Il n'avait revu ni l'un ni l'autre. Après toutes ces années, il se rappelle encore la guerre, militaire autant que civile. Un simple voile à lever, comme un rideau de théâtre rouge sang et, derrière ses paupières closes, il revoit les soldats et les morts, la poussière soulevée par le passage des chars et les bombardements, la répression des émeutes, les arrestations, les disparitions et les tortures. Toutes ces années de peur et de colère. Encore maintenant, les battements de cœur s'accélèrent et une douleur lui serre les entrailles lorsque les images ressurgissent, intactes, du plus profond de son être. Comme tous ceux qui ont vécu ces « événements » – ainsi que la guerre a longtemps été désignée –, il n'a jamais pu oublier.

C'est à la demande de ses parents qu'Omar a quitté son pays. Le cœur déchiré, à reculons, simplement parce qu'il leur avait donné sa parole, dans un moment de faiblesse. Il avait promis de survivre et de faire sa vie ailleurs, dans un pays plein de promesses, un pays que la guerre n'atteignait pas. Ses parents s'étaient occupés de tout. Ils avaient des contacts bien placés et ils s'étaient débrouillés pour obtenir en quelques mois des papiers et un visa. Rien n'avait été gratuit, mais aucun sacrifice ne leur paraissait trop élevé pour leur fils unique. Omar, lui, s'était laissé porter par les événements, un peu étourdi, puis complètement perdu. Il n'avait jamais cru que ses parents réussiraient. L'idée de son départ était restée très vague jusqu'au jour même où il avait fallu qu'il emballe quelques affaires et qu'il fasse ses adieux à sa famille. Omar avait vécu le voyage comme un rêve un peu flou, une échappée irréelle qui ne pouvait mener nulle part. Les premières semaines dans son nouveau pays, si loin de tout ce qui faisait sa vie jusqu'alors, avaient été très difficiles. Le choc, culturel autant que géographique, l'avait heurté de plein fouet. Pas préparé, il n'avait pas su y faire face. Il perdait pied. Puis il avait rencontré Adèle et tout avait changé.

Leur rencontre avait été fortuite autant qu'embarrassante : il avait heurté la jeune femme de plein fouet au milieu de la chaussée, en plein carrefour, trop absorbé par ses pensées pour porter attention au monde alentours. La respiration coupée, la jeune femme avait été incapable de regagner le trottoir sans son aide. Il s'était excusé en bafouillant de sa maladresse, puis une impulsion subite et complètement irraisonnée l'avait poussé à inviter la jeune femme à prendre un café avec lui, le temps pour elle de se remettre du choc. À sa grande surprise, après l'avoir fixé un long moment droit dans les yeux, le souffle encore court et les joues écarlates, elle avait accepté. Son premier sourire avait été décisif. Omar était aussitôt tombé amoureux d'elle. C'était une femme pleine de douceur, à la personnalité pétillante. Ils s'étaient mariés à peine quelques mois plus tard, contre l'avis de la famille et des amis de sa nouvelle épouse. Omar était alors un étranger, et pour certains, il le resterait toute sa vie.

Tout d'un coup, le carillon de la pendule vient rompre le fil de ses pensées. Le vieil homme sursaute. Il revient au présent, au soir qui tombe et à la lumière qui baisse, aux bruits des inconnus qui partagent les mêmes murs que lui et qui rentrent chez eux après leur journée de travail. Omar a les yeux humides. Les souvenirs lui font mal, mais ils sont aussi une source inépuisable de joie. Le vieil homme revit son bonheur conjugal avec une intensité d'autant plus forte que ce temps est à jamais révolu. Adèle et lui ont connu un mariage heureux. Ils ont réussi à surmonter les préjugés et les différences et, comme tous les jeunes mariés, ils ont appris à naviguer ensemble à travers les heurts et les embûches du quotidien. Dans son exil, Omar avait trouvé un port d'attache.

La naissance de leur fille avait été le plus beau jour de sa vie, celui qui avait définitivement scellé son destin : à la minute où il avait pris sa fille, encore toute fripée et vagissante, dans ses bras, Omar avait su qu'il ne repartirait plus. Sa vie était ici. Là-bas, « au pays », il n'y avait plus rien pour lui : ses parents étaient morts, la guerre avait laissé le pays exsangue, et Omar n'avait plus le courage nécessaire pour un nouveau départ.

Le bébé, potelé, avait de grands yeux noirs et tranquilles, comme une oasis au milieu du désert. Ses petits doigts avaient agrippé ceux de son père, et la sensation de cette main minuscule dans la sienne avait fait fondre le cœur d'Omar, qui s'était soudain senti bien emprunté.

Le temps avait ensuite coulé comme un ruisseau sur le flanc d'une montagne, plein de remous et d'éclats de soleil. L'enfant grandissait vite, et Omar était un père comblé. Mais Adèle semblait ne pas récupérer de la naissance de sa fille. Des cernes noirs de plus en plus marqués se creusaient sous ses yeux et Omar parvenait de moins en moins souvent à la faire rire, malgré tous ses efforts. Plusieurs examens et tests médicaux plus tard, le diagnostique était tombé comme un couperet : Adèle souffrait d'un cancer. La suite avait été pénible, entre les traitements et les heures passées à l'hôpital, à regarder sa femme souffrir au fond d'un lit aux barres d'acier. Omar ne se rappelle que trop bien le dépérissement d'Adèle. Sa mort avait été à la fois un soulagement et une douleur quasi insurmontable pour Omar. Anéanti, il avait cru ne jamais pouvoir se relever de cette perte. Sans son enfant à ses côtés, il ne sait pas ce qu'il serait devenu. Mais sa petite fille avait besoin de lui et pour elle, il avait trouvé le courage de continuer. Au bout d'un moment, il avait fini par retrouver le sourire. Il avait élevé la petite du mieux qu'il avait pu. Elle avait grandi et, un jour, elle l'avait renié. Omar avait ressenti ce désaveu comme un cuisant échec.

Sa fille cherchait sa place dans le monde, et ce monde semblait ne pas l'englober. Comme toute jeune adulte qui s'émancipe, elle découvrait un univers qui s'élargissait bien au-delà de son père et de son foyer et qui lui offrait toute une palette de nouvelles possibilités. Elle voyait désormais Omar de l'extérieur, avec un regard neuf. Aux yeux de ce nouveau monde, Omar était avant tout un immigrant et un artisan, privé de réelle éducation, quand elle-même apprenait à chérir la valeur des connaissances intellectuelles. Elle reconnaissait que son père était un homme bon et généreux, fier et rude, mais il se comportait trop souvent comme un rustre. Sa classe sociale constituait une limite aux rêves de sa fille. Omar correspondait trop bien, en surface, au cliché de l'ouvrier sans culture, « larbin » des autres. Sa fille attendait bien plus de la vie. Le respect qu'elle cherchait à obtenir des autres était alors, pour elle, associé à des choses que son père n'était pas en mesure de lui offrir. Aveugle aux actes et aux non-dits, incapable de formuler ses propres attentes, elle ne pouvait comprendre sa colère contre son père, une colère nourrie par un sentiment de culpabilité profondément refoulé.

Au fil des années, elle s'était tranquillement persuadée qu'elle n'arriverait jamais à combler le vide laissé par la disparition de sa mère dans le cœur d'Omar. Elle s'était donc peu à peu convaincu que son père ne souffrirait pas trop de son éloignement. Elle avait besoin de prendre le large. Elle ne voyait pas comment, autrement, sortir de l'ombre de son père et vivre sa propre vie. Comment concrétiser ses rêves, si éloignés de ceux que son père avait nourris pour elle – du moins, le supposait-elle.

Après bien des années difficiles, père et fille avaient fini par se réconcilier mais, dans l'intervalle, la jeune femme avait pris son destin en mains. Elle avait fondé son propre foyer et, un jour, Omar avait réalisé qu'il était devenu totalement inutile. Il avait définitivement perdu la place privilégiée qu'il avait occupé un temps dans la vie et dans le cœur de son enfant. Alors, incertain de l'attitude à adopter, Omar avait, à son tour, pris ses distances. Sa fille n'avait rien fait pour le retenir. Omar en avait souffert, mais il n'avait jamais eu le courage d'en parler avec elle ni d'imposer sa présence au sein de son foyer. Le vieil homme a toujours été réservé, avare de mots, cachant ses émotions sous des dehors rudes et parfois peu amènes. C'est un homme généreux mais peu doué pour les transports d'affection. Le lien filial s'est ainsi distendu et Omar a fini par s'y résigner. Il songe aujourd'hui qu'il a eu tort et qu'il s'est comporté comme un idiot. À présent, le temps lui manque et le fossé à combler est bien trop profond, encombré de non-dits et d'actes manqués.
Il est trop tard.

Omar comprend soudain pourquoi sa rencontre avec Charlotte et les heures que la fillette lui accorde ont pris une telle importance en si peu de temps. Elle apporte du piquant dans sa vie et lui redonne un entrain qu'il n'avait plus depuis longtemps – mais que son corps subit avec difficulté. Lorsque l'excitation des visites retombe, la fatigue accable Omar avec chaque fois plus de poids. Le vieil homme se rassure comme il le peut : la fatigue est une compagne naturelle de la vieillesse, il n'y a rien d'anormal à cela. C'est indéniable.

La nuit est tombée. Le vieil homme tend le bras pour allumer la lampe posée sur la table basse, juste à côté de son fauteuil. Sa main est toute engourdie, et il s'aperçoit avec surprise qu'il tient toujours la lime à bois serrée entre ses doigts. Devant lui, sur le tapis jonché de copeaux, un fier coursier prend vie peu à peu, même s'il reste encore de l'ouvrage pour rendre justice à l'arrogance innée des vrais pur-sang. Le vieil homme se secoue. Il doit se remettre à la tâche s'il veut terminer ce jouet. Ce sera le dernier. Il se fait trop vieux pour le bricolage et ses doigts tout tordus ne seront bientôt plus assez précis. La décision s'impose, même si elle est dure à prendre.

Omar a toujours aimé fabriquer et réparer des objets. C'était d'ailleurs son métier et une de ses grandes fiertés : pendant plusieurs décennies, les gens ont fait appel à lui et à son talent pour s'occuper de leurs instruments de musique, de leurs outils, de leurs travaux de menuiserie. Pendant longtemps, Omar a eu plus d'ouvrage qu'il ne pouvait en abattre. Puis les temps ont changé, insidieusement. Les artisans ont été délaissés au profit d'entreprises offrant des services plus impersonnels et de moindre qualité, mais à faibles coûts et dans des délais imbattables. Ses clients ont fini par oublier qu'Omar avait des doigts d'orfèvre. Pour Omar, l'heure de la retraite avait sonné. Il l'a accueillie avec un certain soulagement. Il a néanmoins continué à travailler pour le simple plaisir de créer. Omar n'a jamais regretté son talent. Il a vécu du labeur de ses mains toute sa vie; il n'aurait pas su faire autrement.

2ᵉ PARTIE

8 – Rupture

Charlotte se hâte désormais de rentrer chez elle après sa journée d'école. Les moments passés en compagnie du vieil homme sont devenus une nécessité pour la fillette. Qu'elle reste quelques minutes ou quelques heures, peu importe. Et quand la nuit tombe, elle remonte sagement chez elle faire ses devoirs et attendre le retour de sa mère.

Aujourd'hui, le chemin entre son école et son domicile lui paraît plus long que d'habitude. Charlotte est pleine d'un bonheur qui menace de déborder et qu'elle veut partager avec son ami. Omar l'écoutera, elle en est certaine. Aussi marche-t-elle le plus rapidement possible le long du trottoir, glissant et dérapant sur les plaques de verglas. Elle a chaud, mais son impatience est plus forte que son manque de condition physique et elle finit par arriver, tout essoufflée et les joues écarlates, devant l'entrée de l'immeuble. Elle est excitée comme une puce, et il y a de quoi : pour la première fois de sa vie, Charlotte a eu la meilleure note de sa classe en français ! Elle en est très fière. Cette réussite, elle la doit à Omar et à ses histoires. Sans lui, elle n'aurait jamais eu l'idée de départ de sa rédaction. Même ses tournures lexicales se sont améliorées à son insu, au contact du vieil homme qui utilise toujours le mot juste et sait manier la langue comme bien peu d'autres dans l'entourage de la fillette. Elle a même réussi à impressionner certains de ses camarades de classe, qui l'ont soudain regardée d'un autre œil.

Le grand Carl et sa bande sont venus lui parler pendant la récréation. Charlotte se sent toute légère.

Après avoir repris son souffle, la fillette entre dans l'immeuble d'un seul élan, sans regarder devant elle. Elle se heurte à sa voisine de palier, la bouscule, la dépasse. L'idée d'arracher les moufles de laine de la femme pour voir si, dessous, elle porte toujours ses sempiternels gants de caoutchouc effleure l'esprit de Charlotte, puis s'évanouit en même temps que la porte se referme et que la voisine, après un instant d'immobilité rageuse, s'éloigne en maugréant contre le manque de respect des jeunes. Charlotte ne s'est même pas retournée. Elle se sent d'humeur conquérante, et toutes ses forces lui sont revenues.

Elle grimpe allègrement les quelques marches du vestibule, puis se précipite chez Omar. Comme d'habitude, en journée, le verrou n'est pas poussé et la porte s'ouvre toute seule. Le vieil homme en a décidé ainsi depuis l'irruption de Charlotte dans son quotidien : cela lui évite d'avoir à se lever chaque fois que la fillette arrive. Même si les vols sont en recrudescence dans le quartier depuis quelques mois, il peut difficilement imaginer que des voyous s'intéressent à lui : il ne possède aucun objet de valeur. Il n'a même pas de télévision, encore moins d'ordinateur. En outre personne, à part la fillette, ne sait que la porte n'est pas fermée à clé. Et l'orgueil guide son choix presque autant que la fatigue : il lui faut maintenant s'appuyer au mur et marcher si lentement pour se déplacer qu'il souffre de le montrer à la fillette. Il ne veut pas que Charlotte le voit tel qu'il est : un vieillard vulnérable et faible. Malgré toutes ses précautions, celle-ci se rend bien compte que l'attitude du vieil homme a changé. Au fil des jours et des visites, son épuisement physique est devenu évident. Il est exsangue. Cependant, Charlotte refuse de s'appesantir sur ce déclin. Pour se rassurer, elle se répète que c'est normal, car Omar est vieux et les vieux ont toujours l'air un peu mal en point. Elle se demande aussi, parfois, si elle n'est pas en partie la cause des soucis du vieil homme, et s'il ne serait pas mieux de réduire la fréquence de ses visites. Mais cette idée est insupportable. Et de toute manière, Omar est chaque fois si content de la voir…

Charlotte pousse la porte de l'appartement en lançant un « bonjour » joyeux qui se bloque presque aussitôt dans sa gorge. Quelque chose ne va pas. Le silence est bien trop épais dans l'appartement. Elle entend son cœur battre très fort dans sa poitrine, bien plus rapidement que les « tic-tac » réguliers de la vieille horloge du salon, qui semblent résonner jusque dans ses entrailles. Le silence persistant est anormal. Le vieil homme a l'habitude de l'accueillir par un salut sonore, et Charlotte l'entend souvent s'affairer en cuisine pour lui préparer un verre de lait. Figée sur place, la fillette appelle mais personne ne répond. La peur s'empare d'elle. Et si Omar s'était fait agresser lors d'une tentative de cambriolage ? Elle entend tout le temps parler de ce genre de chose, aux actualités. Elle se sent aussitôt coupable, et une nausée monte en elle. Puis elle se reprend : tout est en ordre dans l'appartement. Il semble juste vide. Pourtant, Omar ne sort jamais.

Charlotte avance, la peur au ventre, les mains crispées. Elle tombe tout de suite sur le corps d'Omar, étendu par terre au pied de son fauteuil. La robe de chambre a glissé, découvrant une épaule décharnée, à la peau hâve et fanée. La fillette sent son souffle se bloquer, son cœur oublie un instant de battre et elle manque s'évanouir. Puis, avec un hoquet affolé, elle avale une grande goulée d'air. Les bras ballants, les yeux écarquillés, la fillette tremble de la tête aux pieds. Elle ne sait pas quoi faire. Elle ne sait pas si Omar est encore vivant, mais elle a peur d'aller vérifier. Elle se met à gémir comme un animal apeuré en se balançant d'un pied sur l'autre. Il faut qu'elle trouve de l'aide, et vite. Elle se précipite alors hors de l'appartement et va cogner avec affolement aux portes voisines. À cette heure de la journée, personne ne lui répond. Toutes les portes restent désespérément closes. Charlotte monte à l'étage du dessus et recommence à tambouriner sur les battants. Son raffut finira bien par faire sortir quelqu'un ! C'est son seul espoir, sa seule idée.

Louis est brusquement tiré de son sommeil par des bruits violents, qui ébranlent les murs de son appartement. Il croit entendre quelqu'un courir sur le palier. Il se redresse brutalement dans son lit, encore un peu vaseux. Quelle heure est-il ? Le tumulte continue et Louis commence à craindre le pire. À présent bien réveillé, il saute de son lit, attrape sa chemise et son pantalon posés sur une chaise et se précipite vers la porte en s'habillant tant bien que mal. Puis il s'arrête et, prudent, se contente d'entrouvrir légèrement le battant, sans faire de bruit. Ce n'est pas le moment de tomber dans une embuscade ou de se trouver entraîné dans une sale affaire. Très vite, il aperçoit la gamine du deuxième, le visage affolé et plein de larmes, qui s'échine à cogner sur les portes de toutes ses forces. Louis sort, bien plus inquiet que quelques secondes auparavant. Il l'apostrophe doucement : « Hey, fillette ! » La gamine se retourne et Louis songe aussitôt à un lapin pris dans le faisceau des phares d'une voiture, au milieu de la nuit. Après un temps d'arrêt, dû autant à la surprise qu'au soulagement, elle se précipite vers lui, l'attrape par la manche et le tire vers l'escalier, vers le bas. Louis se laisse faire, un peu dépassé par les événements. Au premier étage, la gamine le lâche et lui montre la porte ouverte d'un appartement. Louis croit savoir qui habite là : il se rappelle vaguement avoir déjà croisé le vieux locataire.

Sans plus hésiter, Louis entre. Quelques secondes plus tard, il découvre à son tour Omar, étendu aux pieds d'un fauteuil en cuir probablement aussi vieux que lui. Louis parcourt rapidement la pièce des yeux, puis il s'agenouille, saisit délicatement le poignet du vieil homme et écoute. Dans un premier temps, seul le silence répond à sa question muette. La tristesse l'envahit. La mort le suit décidément partout… Puis il distingue une légère pulsation, lointaine et hésitante : le vieil homme résiste et son pouls bat faiblement, irrégulièrement. Rien n'est encore perdu. Louis se tourne, regarde à nouveau autour de lui et repère le téléphone posé sur une table basse. Il repose délicatement le bras du vieil homme sur le sol et compose le 9-1-1. En quelques mots, il explique calmement la situation et communique l'adresse à l'opérateur. Puis il raccroche et, en attendant l'arrivée des secours, il rajuste la robe de chambre du vieillard. La dignité est peut-être tout ce qui lui reste, maintenant. Louis n'ose pas trop le toucher ou le déplacer, de peur d'aggraver les choses. Il espère juste que l'ambulance ne tardera pas.

Derrière lui, Charlotte s'est rapprochée sans faire de bruit. Elle a observé Louis prendre la situation en main, en faisant de son mieux pour ne pas le gêner. Soulagée, elle a compris qu'Omar vivait encore. Elle est reconnaissante envers l'homme qui vient de sauver son vieil ami. Sans lui, elle ne sait pas ce qui serait arrivé. La fillette s'agenouille timidement aux côtés d'Omar et prend sa main entre les siennes. La grande main d'Omar, si rude, si habituée à manier les outils, semble à présent si frêle et si fragile entre ses petites mains d'enfant que Charlotte sent les larmes lui monter de nouveau aux yeux, puis ruisseler sur ses joues. Elle ne tente même pas de les retenir. À côté, leur sauveur, immobile, veille sur eux. Et les minutes s'écoulent, sans que personne ne bouge ni ne parle.

Bientôt, un bruit caractéristique se fait entendre au loin. L'ambulance se rapproche rapidement, précédée par le hurlement strident de sa sirène. Des pneus crissent sur la chaussée, puis on entend le bruit sourd des hommes qui courent vers l'immeuble. Quand les ambulanciers pénètrent dans l'appartement avec leur civière, Louis s'écarte du vieil homme et tire doucement Charlotte sur le côté en lui murmurant des mots apaisants. Les ambulanciers s'activent, vérifient le pouls et la tension, soulèvent le vieil homme d'un seul geste fluide et le

mettent immédiatement sous perfusion. Puis ils l'emportent. Louis les suit dans la rue, la fillette toujours agrippée à lui. Avant de repartir, le chauffeur se tourne vers Louis et lui demande si la fillette fait partie de la famille. Louis, avec sa couleur de peau, détonne sans doute un peu trop, mais il ne s'en formalise pas. Il est habitué. Il regarde Charlotte, qui a les yeux levés sur lui, implorants. Il hausse les épaules et la désigne du doigt à l'ambulancier. Celui-ci soupire; il ne peut pas l'emmener. C'est une trop grande responsabilité. Et il ne peut pas embarquer Louis non plus : il ne fait pas partie de la famille, et après vérification rapide, il ne connaît même pas le nom du malade. Quant à la gamine, inutile de chercher à la questionner à ce sujet, elle est en état de choc. L'ambulancier n'a pas de temps à perdre avec de tels détails, car l'état du vieil homme est grave. Il faut l'emmener à l'hôpital le plus rapidement possible. L'homme met le moteur en marche, enclenche la sirène et charge Louis, en quelques mots rapides, de contacter la famille, s'il la trouve – au moins la mère de la fillette. Il lui communique le nom de l'hôpital où le vieil homme va être conduit, puis l'ambulance se met en branle et se fraie un chemin hurlant dans la circulation dense de la fin d'après-midi.
Il s'est à peine écoulé quelques minutes.

Louis et Charlotte restent un moment sur le trottoir, interdits. Le froid les tire de leur torpeur et les force à rentrer dans l'immeuble. Ils retournent alors chez Omar. Louis veut s'assurer que tout est en ordre et voir s'il peut trouver, quelque part dans l'appartement, le nom de quelqu'un à prévenir. Charlotte a laissé tomber son manteau par terre lorsqu'elle a trouvé Omar, et il traîne toujours dans le coin de l'entrée. Elle le ramasse machinalement, en passant, sans quitter Louis d'une semelle. Celui-ci se dirige vers le salon. Il a lâché puis repris la main de Charlotte : le contact semble apaiser la fillette. À présent, debout au milieu de la petite pièce, gêné par sa stature qui semble emplir tout l'espace, il songe avec tristesse à ce vieil homme qu'il ne connaissait pourtant pas. Au bout d'un moment, il s'accroupit en face de Charlotte et s'enquiert de son nom. Elle a l'air complètement perdue, et Louis attend patiemment qu'elle se ressaisisse. La chaleur de sa main semble se communiquer à celle de la fillette, et son tremblement finit par cesser. Charlotte parvient à répondre d'une voix étranglée, à peine intelligible. Louis sourit et se présente à son tour – une façon comme une autre de rassurer l'enfant. Il lui demande si elle sait comment le vieil homme s'appelait et où il gardait ses papiers personnels. Face au regard inquiet de la petite, il prend le temps de lui expliquer que les médecins, à l'hôpital, voudront connaître l'identité de leur patient, et que quelqu'un devra fournir des justificatifs et remplir de la paperasse. Il ne veut pas fouiller l'appartement inutilement.

Un sourire tremblotant se dessine sur les lèvres de Charlotte : elle peut aider ! Omar lui a récemment montré quelques photos plus précieuses que les autres, qu'il garde dans un compartiment de son portefeuille, lui-même rangé dans le tiroir de la commode, dans la chambre. Louis, qui ne veut pas violer l'intimité du vieil homme, laisse la fillette s'occuper de lui ramener le portefeuille. En attendant, il regarde autour de lui, à la recherche d'une photo de famille, d'un carnet d'adresses, de quelque chose qui pourrait lui indiquer si le vieil homme était vraiment seul. La photo en noir et blanc d'Omar et de sa fille, posée sur une étagère, à demi masquée par des petites sculptures sur bois, échappe à son examen. Et déjà, Charlotte revient. Elle lui tend un vieux portefeuille en cuir tout craquelé. Louis en sort tout d'abord la carte d'assurance maladie du vieil homme. Quand il l'a trouvée, il la montre à Charlotte pour lui prouver ses bonnes intentions, puis il tend la main vers elle. La fillette n'hésite pas un instant, elle glisse à nouveau sa main dans celle de Louis. Ému et encore secoué, celui-ci ne songe même pas à regarder plus en détail le contenu du portefeuille. Accompagné de la fillette, il quitte alors l'appartement en refermant soigneusement la porte derrière eux.

Louis sait que la gamine – il n'arrive pas encore à l'appeler Charlotte – habite au deuxième étage. Ils montent, l'un derrière l'autre dans l'escalier étroit où ils ont si souvent manqué se bousculer ces derniers temps. Une fois sur le palier, Louis laisse Charlotte le guider. Ils n'ont pas échangé plus de quelques mots depuis leur rencontre forcée, mais les événements qu'ils viennent de partager ont créé une étrange complicité. Louis est apparu comme un phare dans la nuit soudaine de Charlotte. Grâce à lui, elle n'a plus peur.

La fillette ouvre sa porte et l'homme, après un instant d'hésitation, la suit dans son appartement. Il n'y a personne. Louis demande à Charlotte un numéro où joindre sa mère, et la gamine se trouble aussitôt. Louis ne veut pas la brusquer : la confiance qu'elle a placée en lui est encore bien fragile. Aussi attend-il patiemment. Au bout d'un long moment de silence, Charlotte finit par lui avouer timidement que sa mère n'est pas au courant de son amitié pour Omar. Elle ne sait pas que sa fille passe tous ses après-midi chez un vieux voisin. Louis ne comprend pas la raison de ce secret, au demeurant bien innocent, et il n'a pas le temps d'approfondir la question. L'important, c'est de prévenir le responsable légal de l'enfant, et cette personne, c'est sa mère. Lorsque Louis lui explique l'impossibilité d'aller voir Omar tant que sa mère n'a pas donné son accord, Charlotte abandonne toute réticence. Quand il ajoute que sa mère voudra probablement l'accompagner à l'hôpital, par contre, la fillette hausse les épaules, quelque peu sceptique. Mais elle lui communique le numéro de l'entreprise où travaille sa mère. Après tout, Louis essaie juste de l'aider. Il est gentil.

Louis appelle, se présente à la mère de Charlotte, explique la situation – une nouvelle fois. Volontairement, il omet de mentionner la nature exacte des liens qui unissent la fillette au vieillard. Dans le fond, il n'en sait guère plus que son interlocutrice à ce sujet. Il se contente d'expliquer que Charlotte a trouvé le vieillard du rez-de-chaussée inconscient, et qu'elle veut maintenant se rendre à l'hôpital pour savoir s'il va bien. À voix presque basse, il ajoute que la fillette est encore sous le choc, et que ce serait probablement une bonne chose de la laisser rendre visite au vieil homme, si les médecins les y autorisent.

Après quelques secondes d'affolement, la femme au bout du fil semble enfin comprendre ce qu'il dit. Sa fille n'a rien, mais elle s'inquiète pour un vieux monsieur malade. Et c'est un voisin, quelqu'un qu'elle a déjà croisé plusieurs fois dans l'escalier, qui a pris les choses en main. Peut-elle lui faire confiance ? Elle hésite, demande à parler à Charlotte. Celle-ci prend le combiné et la supplie en répétant les mêmes mots à n'en plus finir : « S'il te plaît, maman ! S'il te plaît, maman ! » La mère de Charlotte est troublée. En cet instant, elle aimerait se précipiter aux côtés de sa fille en oubliant tout le reste. Elle ne comprend pas bien la situation, mais elle sait que Charlotte a besoin d'elle. Malheureusement, son entreprise est sur le point de négocier un contrat juteux avec un gros client. C'est elle qui a monté tout le dossier et il est inconcevable qu'elle ne soit pas présente pour la signature. Ses collègues n'attendent qu'un seul faux pas pour l'évincer et elle ne peut pas se le permettre. Sa carrière, c'est aussi et surtout l'avenir financier de sa famille – de Charlotte. Le dilemme la déchire de l'intérieur. Elle hésite sur l'attitude à adopter, et sa propre confusion l'agace. Après tout, elle fait peut-être une montagne d'une histoire anodine, et le vieil homme dont l'inconnu lui parle n'est qu'un simple voisin, quelqu'un qui ne fait pas partie de leurs proches. Sa fille ne peut pas le connaître. Elle serait au courant si tel était le cas.

Louis l'imagine sans peine, agrippée à son téléphone, essayant d'intégrer la situation. Il tente alors de la rassurer. Pour cela, il lui donne le nom et le numéro de l'hôpital : elle peut appeler pour vérifier. Il attendra. Et brusquement, la mère de Charlotte se décide. Puisque Charlotte semble le désirer intensément, elle cède et, mettant ses craintes de côté, elle donne son accord à Louis pour emmener sa fille à l'hôpital voir le vieil homme. Elle promet aussi de les y rejoindre dès que possible.

Charlotte a enclenché le haut-parleur en cours de conversation et elle a suivi tout l'échange. Cédant à une brusque impulsion, elle attrape le combiné avant que sa mère mette fin à l'appel ou change d'avis. Et cette fois, les mots si souvent bloqués sortent tout seuls : « Merci, maman. » Un instant de silence, puis : « Je t'aime. » Et elle raccroche précipitamment.

Sa mère reste longtemps sans voix, interdite et émue aux larmes, au bout de la ligne coupée.

7 – Réveil

Omar flotte dans le noir, l'esprit détaché du corps, léger comme une plume emportée par le vent. Il se laisse dériver dans ce vide agréable, où la conscience n'existe pas et où le temps n'a plus de prise. Mais quelque chose s'accroche à lui. Il se sent aspiré, rappelé, comme aiguillonné vers le bas par une force invisible, contre laquelle une partie de lui aimerait lutter tout en sachant qu'il en est incapable. Le temps a aboli ses repères, et quand le noir se déchire finalement en lambeaux, Omar est perdu. Tout est brumeux, des trouées de lumière aveuglante le transpercent, il a peur, il a mal. Alors seulement, il réalise qu'il est encore de ce monde. La douleur est trop forte pour qu'il en soit autrement. Il se concentre et, petit à petit, il réintègre sa réalité corporelle. Il est allongé, les yeux fermés, les bras étendus le long du corps. Le drap qui le recouvre jusqu'à la poitrine lui paraît anormalement lourd. La douleur qui lui vrille les os s'intensifie au fur et à mesure qu'il refait surface. Las, il essaie de repartir vers les limbes de l'inconscience, mais son corps ne le lui permet pas. Cessant de lutter, Omar finit par ouvrir péniblement les yeux. Ce simple geste lui demande un effort démesuré, car ses paupières sont pesantes comme des billes de plomb. Incapable de filtrer le trop-plein de lumière, il ne parvient à distinguer que du blanc étincelant virant peu à peu au grisâtre.

Une chose est sûre, il n'est pas chez lui. Il commence à paniquer. Puis les contours incertains de ses souvenirs se précisent sous son crâne palpitant : il se souvient d'une immense fatigue et d'une souffrance aiguë, il se revoit tenter d'atteindre son fauteuil, au salon, et s'écrouler à mi-chemin. Lentement, Omar laisse les images affluer en lui, au rythme des pulsations du sang dans ses tempes. Inutile : il n'y a plus rien après la chute. Résigné, il en conclut qu'il doit maintenant être à l'hôpital. Quelqu'un l'a donc trouvé sans connaissance sur le sol de son salon. Qui ? Personne ne vient jamais le voir. Personne, sauf… Un frémissement le secoue tout entier. Il gémit. Charlotte a dû avoir la peur de sa vie.

À côté de son lit, un moniteur bipe frénétiquement. Le son lui vrille les tympans. Presque aussitôt, une ombre se penche sur Omar et la machine cesse de hurler : l'infirmière rajuste la perfusion du vieil homme, applique des doigts légers sur son poignet, puis vérifie la réaction de ses pupilles à la lumière. Le vieil homme est bel et bien réveillé. Elle accueille son retour dans ce monde avec un sourire plein de douceur et, d'une voix aimable, elle lui dit bonjour. Omar tente de parler, mais sa gorge est trop sèche et les mots y restent collés. L'infirmière, compatissante, redresse son nouveau patient sur ses oreillers et lui tend un gobelet avec un fond d'eau : « Une gorgée, pas plus. » Sa voix est douce et légère comme le bruissement du vent dans les feuilles, en automne. Omar savoure la sensation de fraîcheur de l'eau sur ses lèvres, sur son palais. Il déglutit péniblement, et il sent le liquide de vie descendre en lui, bienfaisant et vivifiant. Jamais Omar n'aurait imaginé apprécier à ce point une simple gorgée d'eau. Dans sa tête, les mots ne se bousculent plus avec autant de force qu'à son réveil, et il profite de ce court moment de répit. Il a besoin de temps pour démêler le fil de ses pensées.

De nouveau, l'infirmière lui sourit. Son regard franc ne reflète qu'une tranquille bienveillance. Omar lui sait gré de ne pas montrer de pitié, ni de chercher à le faire parler. La femme lui annonce que le médecin passera le voir bientôt, et Omar note avec un certain amusement – qui le surprend lui-même – qu'elle ne tente pas de le rassurer. Cela n'augure rien de bon. Ça, et la douleur dans ses os, qui ne le lâche plus à présent qu'il a repris pleinement conscience. Omar se doutait depuis quelque temps déjà que le bout de la route approchait mais, en cet instant cristallin, il est envahi par la certitude aveuglante qu'il en est beaucoup plus proche qu'il ne le pensait. Il regrette soudain de s'être réveillé. Il aurait été tellement plus simple de partir en silence, presque à son propre insu. Le vieillard soupire. Il faut croire qu'il n'en a pas encore tout à fait fini sur cette terre. Il est vrai qu'il souhaite dire adieu à Charlotte. Il pense aussi à sa propre fille, avec une émotion beaucoup plus ténue. Elle saura faire face, avec toute la retenue qui la caractérise. Au fond, la disparition d'Omar ne changera pas grand-chose dans la vie de sa fille. Le cœur du vieillard saigne, mais il ne tient pas à infliger à sa seule enfant la souffrance, à ses yeux totalement inutile, d'assister à son agonie. Les choses sont différentes avec Charlotte. Ce n'est qu'une petite fille. Elle a encore besoin de lui.

Quand le médecin passe, Omar a repris tout son calme. Il a refermé les yeux, mais il ne dort pas. Il a brièvement interrogé l'infirmière, qui lui a confirmé ce qu'il redoutait : c'est bien Charlotte qui l'a découvert inconscient sur le sol de son salon. Il a aussi appris que la fillette est déjà venue à l'hôpital prendre de ses nouvelles, accompagnée d'un grand Noir qu'il n'arrive pas à identifier malgré tous ses efforts. Il est intrigué par cette incongruité. Il réfléchit, et cela l'empêche de s'appesantir sur ses souffrances physiques. Le vieillard les endure en silence comme il l'a toujours fait, tout au long de sa vie. Inutile de s'épancher.

Le praticien, dont l'arrivée l'a tiré de ses pensées, se tient debout au pied du lit. Il attrape la fiche médicale de son patient, en un geste qui ne lui sert guère qu'à se donner une contenance. Il n'a nul besoin de la consulter pour savoir ce qu'elle annonce. Après quelques instants de silence, il repose la fiche et lève les yeux sur Omar. Le vieil homme lui rend son regard sans ciller. Sans peur non plus, et cela ne manque pas de surprendre le médecin. Omar ne dit rien. Il n'en a pas la force, et de toute façon les mots sont inutiles. Le médecin a déjà vécu tant de scènes semblables qu'il ne ressent plus rien, ni pitié ni rage. Le vieillard qui repose devant lui est sur son lit de mort et il n'y a rien d'autre à faire qu'à attendre, en essayant de lui éviter des souffrances inutiles. Il sait aussi qu'il doit le dire à son patient. Il n'a jamais aimé détruire les espoirs des malades, mais il lit dans les yeux de cet homme la lucidité, accompagnée d'une curieuse détermination. Le vieillard sait déjà qu'il est condamné mais, étrangement, il ne semble pas en être très affecté. Après quelques secondes de perplexité, le médecin décide donc de communiquer immédiatement son diagnostic à son patient. Inutile de retarder l'inévitable. Très franchement, il annonce donc à Omar que sa fin est proche. Très proche. « Au mieux, une ou deux semaines. Plus probablement, c'est une question de jours. » Omar acquiesce d'un infime geste du menton. Puis son regard se fait interrogateur. « Cancer des os, » répond le médecin avant même qu'un seul mot ait franchi les lèvres du vieillard. Omar soupire; il aurait dû s'en douter.

Le médecin le contemple un moment en silence. Toute la fragilité de cet homme condamné lui apparaît alors, et il se détourne pour ne pas se laisser envahir par une faiblesse qui n'a pas sa place dans sa profession. Avant de sortir de la chambre, il se tourne vers l'infirmière, qui attend patiemment près de la porte, et lui donne ses instructions d'une voix dont il a effacé toute émotion. Puis il souhaite une bonne nuit à son patient. Il repassera le voir le lendemain.

Omar se sent las, tout d'un coup. Dans son corps, la douleur a laissé place à une sensation d'engourdissement. Ses mains sont lourdes comme des enclumes, sa tête s'enfonce dans l'oreiller comme s'il voulait le traverser et ses pensées se diluent lentement dans un néant où plus rien n'a d'importance. L'infirmière le gratifie d'un sourire presque maternel et il l'entend vaguement lui expliquer qu'il vient de recevoir une injection de morphine. Ses paroles ressemblent au murmure apaisant d'une rivière qui emporterait avec elle sa douleur et sa conscience. Puis elle glisse la commande d'appel dans la main d'Omar et quitte la pièce d'un pas si léger que le vieil homme se rend à peine compte de son départ. Incapable de résister plus longtemps à l'épuisement, il ferme les paupières et se laisse dériver dans un sommeil troublé, que la drogue rend plus supportable.

Omar a compris qu'il se trouve dans l'unité des soins palliatifs, là où tout espoir est vain. La Mort rôde dans les couloirs et dans les corps, si ce n'est dans les âmes.

Quand il émerge de cet état de semi-inconscience artificielle, Omar ne sait plus quel jour on est ni depuis combien de temps il est allongé sur ce lit. Il revient d'un ailleurs embrumé, et des fragments flous d'images hallucinatoires hantent encore son esprit, comme les morceaux d'un puzzle désordonné. Il se sent un peu nauséeux. Il fait nuit, et dans sa chambre la lumière est éteinte. L'infirmière est peut-être passée, mais Omar ne s'en souvient pas. Il tourne péniblement la tête vers la fenêtre, dont les stores sont baissés. À côté de lui, l'écran des moniteurs de contrôle pulse d'une lueur verdâtre qui se reflète dans le verre posé sur la table de nuit et éclaire faiblement le goutte-à-goutte qui propulse médicaments et drogue dans ses veines. Dans la pénombre, les murs de la chambre paraissent encore plus tristes et vides. Omar est bien loin de chez lui.

La porte de sa chambre est entrouverte. La lumière blanche et aveuglante des néons du couloir se glisse dans la pièce, crevant la poche d'obscurité apaisante dont Omar aimerait s'envelopper. Il voudrait se tourner pour échapper à cette lumière, mais il en est incapable. Son corps, trop fatigué, trop lourd alors même qu'il ne pèse plus rien, ne répond pas à ses sollicitations mentales. Le vieil homme laisse échapper une faible plainte, avant de tendre l'oreille aux bruits de l'hôpital. Tout est calme. Il est seul dans sa chambre. La douleur a disparu – mais pour combien de temps ?

Omar accepte l'idée de sa mort sans trop de difficulté. Il a eu le temps de s'y préparer, au fil des derniers mois et de ses douleurs annonciatrices. Il a bien tenté de leurrer la Faucheuse – et de *se* leurrer – en ignorant ses avertissements, mais celle-ci finit toujours par s'imposer. Et après l'avoir longtemps niée, Omar a bien été obligé de l'apprivoiser, jour après jour, jusqu'à ce qu'elle devienne sa compagne la plus intime. Certes, l'arrivée de Charlotte dans son quotidien a quelque peu changé la donne, mais Omar est tellement fatigué que cette joie ne suffit pas à le retenir en ce monde. Tout au fond de lui, il ressent un immense soulagement à l'idée d'enfin se reposer sans douleur, libre de toute matérialité. Il l'a bien mérité. Dans cet ailleurs inconnu, son ange adulé l'attend.

Omar jouit du répit offert par les narcotiques et du calme de cette nuit qui s'étire, hors de tout repère temporel. Seules les visites de l'infirmière, qui vient contrôler sa perfusion à intervalles réguliers, rythment la succession des heures. Omar ne sait pas combien d'autres attendent leur libération dans ce couloir de la mort, mais quand il croise le regard attentionné de l'infirmière, il se dit qu'ils ont de la chance. Quelqu'un veille sur leurs derniers moments.

Lorsqu'il est seul, il repense à son existence. Il ne regrette rien. Il a connu de grandes joies, mais aussi de grandes peines qui lui ont fait apprécier d'autant plus ses moments de bonheur. Il a aimé et a été aimé. Il a élevé, perdu puis partiellement retrouvé une enfant qui a réussi – même s'il a l'impression de n'y être pour rien. Et au crépuscule de son existence, il a rendu le sourire à une autre enfant, une enfant solitaire à la recherche d'un peu d'affection. Il s'en veut d'abandonner la petite. Il devrait essayer de parler à sa mère. Il faut qu'elle comprenne. Il s'agite. Puis, épuisé par la lutte que son corps mène contre la maladie, il referme les yeux. Très vite, ses inquiétudes se diluent dans l'oubli.

Au petit matin, avant de quitter son service, l'infirmière jette un dernier coup d'œil à ses patients. Son pas est alourdi du poids de la nuit, chargé de toute la fatigue, de toutes les douleurs et les peurs qui flottent dans les chambres et s'accrochent à elle. Chaque matin, elle craint de voir certains de ses malades pour la dernière fois. Aussi prend-elle le temps de passer devant toutes les chambres occupées. C'est sa manière à elle de souhaiter un bon voyage à ces êtres en bout de course. Ce rituel l'aide à tenir le coup. Au fil des années, elle a été témoin de beaucoup de souffrances, de résignation ou d'abandon; mais elle a aussi connu des moments de grâce qui la confortent dans sa mission d'accompagnement. Aujourd'hui, elle est bouleversée autant qu'intriguée par le vieillard de la chambre quatre. En contemplant Omar depuis l'embrasure de la porte, elle ne peut s'empêcher de sourire : il a le visage paisible et il semble rayonner d'une étrange sérénité.

Quand l'infirmière quitte l'hôpital, ce matin-là, le fardeau qui pèse sur ses épaules est un peu moins lourd à porter.

6 – Visites

Avant de partir travailler, Louis jette un œil par la fenêtre de son appartement : le ciel est tellement couvert qu'il fait déjà presque noir, et Louis se demande s'il va neiger. L'humidité est presque palpable dans l'air, la nuit s'annonce brumeuse. Même la ville se tait, au diapason de cette étrange atmosphère feutrée. Pourtant, cela ne dure pas. Un vent déterminé chasse les nuages devant lui, berger têtu d'un troupeau qui n'en finit plus. Et après quelques heures, la lune finit par émerger, victorieuse. Peu à peu, la nuit redevient claire et le thermomètre se remet aussitôt à grelotter. L'air est glacial, à présent. Louis, qui est sur le point de terminer sa dernière ronde et de procéder à son dernier pointage, ressent le changement. Impatient, il résiste à l'envie de presser encore le pas. Le temps refuserait de suivre sa cadence.

Mais dès que les premières lueurs du jour poindront à travers les vitres, Louis s'en ira. Comme chaque matin depuis déjà plusieurs jours, sitôt son service terminé, il se rend à l'hôpital pour voir le vieil Omar. Il le lui doit, en quelque sorte. Il ne comprend pas pourquoi cela lui tient autant à cœur, et il ne cherche pas à approfondir. Au fond, peut-être ces visites lui font-elles autant, si ce n'est plus, de bien qu'au vieil homme.

Lors de sa toute première visite solitaire au chevet du vieillard, Louis avait eu de la chance. Ce détour par l'hôpital lui avait été dicté par une impulsion subite et irrésistible. Il n'avait aucune raison d'y retourner, puisqu'il y avait accompagné Charlotte, la veille au soir. Il savait déjà quel était le sort réservé au vieil homme. Pourtant, il s'était retrouvé devant l'entrée principale de l'hôpital. Il avait donc décidé d'entrer. À ce moment-là, il ne pensait aucunement aux exigences liées aux heures de visite, ni aux autorisations. Il souhaitait simplement voir le vieil homme – sans forcément même lui parler. Il voulait s'assurer que celui-ci était bien pris en charge et que quelqu'un, quelque part, se souciait de lui. Louis ne supportait pas l'idée que le vieil homme soit seul dans un moment pareil. Un peu perdu, incertain de ses propres motivations, il avait rencontré l'infirmière de nuit dans le couloir menant au service des soins palliatifs. Il ne se souvenait plus du numéro de chambre et il avait dû le lui demander. L'infirmière, pleine de sympathie pour cet homme qui prenait le temps de se préoccuper d'un parfait inconnu que le hasard avait mis sur son chemin, l'avait accompagné jusqu'à la chambre d'Omar sans poser de questions. À son réveil, le vieil homme n'avait réclamé personne, et elle en concluait qu'il ne devait plus avoir de famille. Si quelqu'un venait lui apporter un peu de réconfort, elle ne le renverrait pas sous le simple prétexte qu'il n'était pas de la famille et que les heures de visite étaient terminées depuis longtemps – ou n'avaient pas encore commencé.

Elle n'avait pas encore pris son poste quand les ambulanciers avaient amené Omar, la veille. Mais le vieil homme avait été transféré dans son service avant même la tombée de la nuit – il n'y avait rien d'autre à faire. Elle consultait justement son dossier lorsqu'une petite fille pâle aux grands yeux inquiets et un homme noir à la stature imposante s'étaient présentés.

Intriguée, elle les avait écoutés et, très vite, elle avait compris que la fillette avait découvert son nouveau pensionnaire étendu sans connaissance dans son salon, quelques heures plus tôt. La suite des explications était un peu confuse, mais il en ressortait que l'homme était un voisin charitable qui avait pris la situation en mains. Elle les avait alors guidés jusqu'à la chambre d'Omar, et tous deux étaient restés longtemps au chevet du vieil homme, toujours inconscient. L'infirmière s'était attardée à la porte de la chambre, et l'étrange scène qu'elle avait eue sous les yeux s'était gravée dans sa mémoire, aussi vivement qu'un tableau. La fillette pleurait doucement en contemplant le vieillard, son corps dodu secoué de tremblements. Son étrange compagnon se tenait à ses côtés, et il avait posé la main sur son épaule. Il était resté ainsi, sans bouger, sans prononcer un mot. Mais son contact avait suffi à rasséréner l'enfant, et bientôt le silence les avait enveloppés dans un doux cocon. Même le vieil homme semblait plus paisible.

Plus tard, bien après le départ de cette curieuse paire de visiteurs, la mère de la fillette avait appelé l'hôpital pour autoriser les visites de sa fille au vieil homme, et l'appel avait été transmis à l'infirmière. La demande était quelque peu inusitée. Mais si l'infirmière n'avait que brièvement vu l'enfant aux côtés d'Omar, ces quelques instants lui avaient suffi pour sentir que le lien vraiment singulier qui unissait ces deux êtres, à défaut d'être de sang, venait du cœur. Aussi avait-elle fait tout ce qui était en son pouvoir pour faciliter les choses. Il n'avait fallu que quelques heures de patience et un échange de formulaires et de signatures par télécopieur, au matin, dès l'ouverture du secrétariat de l'hôpital, pour régler la situation. La fillette serait désormais libre de venir voir son vieil ami quand elle le souhaiterait.

Comme pour confirmer la première impression de l'infirmière, Omar s'était réveillé juste avant la fin de son service et il avait réclamé l'enfant. Charlotte. Pour l'infirmière, ce prénom évoquait la gaieté et l'insouciance frondeuse propre à l'enfance, et même si ces traits de caractère étaient dissimulés sous des dehors grassouillets et des couches de vêtements colorés et dépareillés, la fillette le portait bien. Ce n'est qu'en laissant Louis rendre, seul, visite au vieil homme, au petit matin, qu'elle s'était rendu compte qu'elle ne connaissait toujours pas son nom à lui. Elle n'avait pas pensé à le lui demander. La patience bienveillante dont il avait fait preuve la veille avec la fillette avait tellement ému l'infirmière qu'elle avait fait fi de toutes les procédures habituelles. Pour elle qui avait été témoin de tant de souffrances, l'humanité dont Louis faisait preuve valait bien plus que toutes les autorisations ou les contraintes du monde.

Ce matin-là, alors que Louis le veillait pour la première fois, assis à son chevet, Omar n'avait pas ouvert une seule fois les yeux. Toutefois, son sommeil agité s'était calmé. Puis, petit à petit, son souffle s'était apaisé et tout son visage s'était détendu. La sérénité de Louis semblait irradier au-delà de son être. Comme la veille, l'infirmière avait noté le changement avec stupeur. La morphine n'expliquait pas tout.

Depuis ce jour, l'infirmière a pris l'habitude d'accueillir Louis chaque matin, à l'heure où la nuit s'endort doucement et où les lueurs du matin s'étirent mollement au-dessus de l'horizon. Louis, les yeux cernés et les épaules voûtées par la fatigue, entre dans la chambre et s'assoit près du lit. Tassé sur une chaise qui semble bien trop petite pour lui, il reste là, immobile, souvent bien après que l'infirmière de nuit est rentrée chez elle. Lorsqu'il a appris cet écart aux normes établies, le médecin-chef a d'abord haussé un sourcil broussailleux, avant de décrocher le téléphone interne… et de le reposer doucement sur son socle, après un instant d'hésitation. Il a décidé de laisser faire. Après tout, le vieillard n'en a plus pour très longtemps et son visiteur ne dérange personne. En fait, il se fond dans le décor avec une aisance surprenante. Il a fallu plusieurs jours au médecin-chef pour se rendre compte de sa présence, grâce, surtout, aux commérages discrets des infirmières du service.

Ce n'est que le deuxième matin, à son réveil, qu'Omar a découvert l'homme noir à côté de son lit. Il n'en a éprouvé aucune surprise. Pendant quelques secondes, il a même cru qu'il s'agissait d'un messager de la mort, un passeur de vie à trépas prêt à lui faire traverser l'ultime frontière. Un grand calme l'a envahi. Le moment était enfin venu. Puis l'homme a souri, et Omar a subitement repris conscience des bruits environnants : le bip incessant des moniteurs, le froissement des draps, les grincements lointains d'un chariot, dans les couloirs, le murmure des infirmières. La douleur qui irradiait dans tout son corps a achevé de balayer tous ses doutes. Par ailleurs, l'homme assis à ses côtés ne portait ni blouse, ni gants ni stéthoscope : il ne faisait donc pas partie du personnel soignant de l'hôpital. Omar cherchait à comprendre pourquoi un parfait inconnu prenait la peine de venir le voir quand, tout d'un coup, il a repensé à la description que lui avait donnée l'infirmière de ses premiers visiteurs : une petite fille blanche – Charlotte, sans aucun doute – et un homme noir. *Cet* homme noir.

Louis a laissé s'écouler quelques minutes avant de parler, pour donner au vieil homme le temps d'émerger de la torpeur des drogues et de s'habituer à sa présence. Mais dès que les yeux du vieillard, fixés sur lui, sont redevenus alertes, il s'est présenté. Malgré l'épuisement et la souffrance, il pouvait voir une étincelle briller au fond des prunelles enfoncées du vieil homme. L'infirmière l'avait appelé Omar, mais Louis hésitait à prononcer ce prénom. L'homme allongé dans cette chambre, le visage si blême qu'il semblait sur le point de disparaître, n'avait pour lui aucune identité concrète. Il était simplement l'incarnation même de la vieillesse.

Louis avait expliqué d'une voix douce les circonstances de leur rencontre, en passant sous silence toute évocation que ce soit aux raisons de sa présence ici, ce matin – seul. Omar, pour qui le temps n'avait plus d'importance, ne s'était posé aucune question sur l'incongruité du moment. La nuit n'avait pas encore tout à fait capitulé, et l'obscurité s'accrochait encore aux objets et aux êtres, brouillant la réalité. Baignée par cette atmosphère fantasmagorique, la présence de Louis semblait tout à fait naturelle.

Omar avait murmuré un remerciement d'une voix tremblante et quasiment inaudible, une voix rocailleuse que Louis entendait pour la première fois. Les deux hommes étaient ensuite restés silencieux, perdus dans leurs pensées, séparés par tout un monde mais inexplicablement reliés par une petite fille.

Et Louis était revenu le lendemain. Omar l'attendait.

Au fil des heures que Louis et Omar partagent, en cette période floue où les frontières du rêve et de la réalité n'existent plus, une étrange complicité se noue. Une complicité faite de non-dits, de silences, de souffrance et d'affection commune pour une fillette solitaire. Auprès du vieillard, Louis retrouve une confiance et une volonté qu'il croyait évanouies. Sans qu'il ose le dire, Omar est soulagé d'avoir trouvé quelqu'un à qui confier Charlotte quand il sera parti. Les deux hommes sont comme les deux faces d'une même pièce : l'une s'apprête à disparaître, face contre terre, tandis que l'autre se tourne vers la lumière. Chacun des deux hommes puise en l'autre la force d'affronter son destin.

Depuis qu'il vient voir Omar, et malgré les heures de sommeil que ces visites lui coûtent, Louis se sent plein d'une nouvelle énergie, qui le pousse à concrétiser ses rêves et à mettre enfin sa vie sur des rails dont la destination lui ressemble davantage. Lorsqu'il rentre chez lui, épuisé mais léger, il s'étend sur son lit et sombre aussitôt dans un profond sommeil sans rêve.

Omar éprouve un sentiment étrangement semblable : chacune des visites de Louis est suivie par une profonde quiétude, qui lui permet d'aborder la journée avec un détachement bienvenu. En attendant l'échéance ultime, Omar y glane un peu de ce repos qu'il souhaiterait éternel.

Chaque jour désormais, lorsqu'il se réveille, Louis pense au vieil homme. L'image qui s'impose à lui, celle d'un corps frêle et agonisant, est comme une claque en pleine face, un rappel impérieux du temps qui passe et de toutes les occasions manquées. Mais c'est aussi une invitation à saisir les possibilités que la vie lui offre. Dans chaque cellule de son corps, il sent émerger une nouvelle compréhension, et ces petites bulles chatoyantes s'assemblent dans son cœur et dessinent un sourire à l'intérieur de son âme. La vie est le présent. La vie est l'avenir. La vie est, tout simplement.

Cet après-midi-là, quand Louis se lève, le soleil brille sur la couverture blanche qui tapisse la ville. Il mange, se douche, puis s'habille avec grand soin, en prenant tout son temps. Quand enfin il est prêt, il attrape son manteau et sort de chez lui, l'air résolu. Dehors, des éclats dorés, petites paillettes scintillantes, flottent dans l'air au gré du vent. Il gèle, mais le soleil éclabousse les rues. Louis ressemble à un homme d'affaires, avec son costume gris, ses chaussures cirées et son long manteau d'hiver. Tête nue, il marche d'un pas rapide et assuré. Tendu vers son objectif, il sent à peine la morsure du froid.

Il porte son unique costume, acheté des années plus tôt pour une occasion qu'il a oubliée, et soigneusement conservé au fil des ans au fond d'un placard. Il est un peu serré aux épaules, mais

Louis est satisfait. Il tient à marquer cette journée : c'est officiellement le premier jour de sa nouvelle vie. Il ne veut plus laisser filer le temps comme un voleur, ni laisser s'envoler les petits et grands bonheurs de la vie. Il est enfin prêt. Il se dirige vers le centre de formation professionnelle pour adultes de son quartier, sur le site Internet duquel il a navigué ces dernières semaines, afin de rassembler des informations. Jusqu'alors, il n'a pas été plus loin.

Une fois devant le bâtiment qui symbolise son avenir, Louis hésite. La perspective d'un échec lui traverse l'esprit, accompagnée du ricanement goguenard de Khaled. L'image est floue, les traits du môme s'estompent déjà dans sa mémoire, mais la flamme de sa résolution vacille. Son souffle s'élève comme de la vapeur, en volutes dans l'air glacial. Au bout d'un moment, Louis sent ses doigts picoter : ses gants sont trop légers, il va geler s'il reste là. Alors il repense à Omar, étendu sur son lit d'hôpital, et à Claudia, allongée sur son canapé, la seringue sur le tapis. Deux vies, deux morts. Deux raisons d'avancer. Il pousse la lourde porte vitrée.

Solennellement, la tête droite, les épaules redressées, il se dirige vers le guichet le plus proche, le seul qui est occupé, et il pose ses coudes sur le comptoir. Il est obligé de courber le dos et de baisser la tête pour regarder la préposée en face. La fille est perchée sur le bord de son fauteuil, le visage concentré, le cou tendu vers l'écran de l'ordinateur qui trône en face d'elle. Pour montrer au visiteur qu'elle a pris acte de sa présence, elle lève distraitement les yeux de son écran. Elle les rabaisse aussitôt, puis les relève, aimantée par la volonté qui émane de Louis. L'impression de force brute qu'il dégage malgré lui pourrait l'inquiéter, mais ses yeux sont si doux que la jeune femme est spontanément prête à se donner beaucoup de mal pour arriver à le renseigner, quoi qu'il veuille.

Ses notes à la main, son courage dans la gorge, Louis se lance. Il explique ce qu'il cherche. Au fur et à mesure, sa voix prend de l'assurance. Les mots, clairs et forts, résonnent dans l'air et dessinent les contours de son projet, de plus en plus nettement. La préposée l'écoute attentivement, prend quelques notes, puis lui demande de l'attendre un instant pendant qu'elle va chercher un document dans l'arrière-salle. À son retour, elle lui tend un formulaire à remplir pour ouvrir un dossier au centre et pouvoir ainsi bénéficier des services d'un conseiller, qui pourra l'aider à choisir la filière correspondant le mieux à ses attentes et l'accompagnera tout au long du processus. Louis sourit : il est au bon endroit. Il prend avec entrain le stylo qu'on lui tend et se met au travail. Jamais il n'a été aussi sûr de lui. Il a toujours eu cette vocation, au plus profond de son être. Il ne lui reste plus qu'à l'officialiser. Il est conscient que le chemin sera long, peut-être même périlleux, mais il vient de faire le plus dur : le premier pas.

Demain, il emmènera Charlotte voir Omar à l'hôpital.

5 – Mise au point

Charlotte a tiré les rideaux de sa chambre, et la pièce est maintenant plongée dans le noir. Assise sur son lit, la fillette se tient les genoux entre les bras, la tête baissée, ses cheveux emmêlés tombant devant elle. Elle ne pleure pas, mais elle pense à Omar. Elle pense beaucoup au vieil homme, ces temps-ci. Elle tente de faire face, à sa manière. Elle se demande comment un vieux monsieur qu'elle ne connaissait pas quelques semaines plus tôt a pu prendre autant d'importance dans sa vie en si peu de temps. Charlotte a du mal à ordonner ses idées. Tout va tellement vite ! Lorsqu'elle est allée à l'hôpital, la veille, en compagnie du gentil voisin du troisième, elle a lu dans les yeux d'Omar qu'il était condamné. Elle savait, de toute façon. Au plus profond d'elle-même, elle avait déjà compris. Dès que Louis s'était agenouillé pour prendre le pouls du vieillard inconscient, elle avait senti son cœur se serrer, pris dans un étau annonciateur de peine.

Ce soir, seule dans sa chambre, Charlotte se rappelle tous les moments de fragilité et de faiblesse dont elle a été le témoin innocent. Elle revoit un vieil homme vacillant, de plus en plus souvent fatigué, le visage émacié, les yeux un peu trop brillants. Ces signes autrefois insignifiants lui sautent à présent aux yeux comme une évidence : la maladie rongeait Omar depuis longtemps. Charlotte ne peut pas croire qu'il ne s'en doutait pas. Omar est bien trop à l'écoute pour ne pas avoir senti ce qui lui arrivait. En elle, une petite voix s'entête à lui répéter que le vieil homme avait accepté l'inéluctable. Elle doit, elle aussi, se résigner. Égoïstement, elle est triste à l'idée qu'Omar va bientôt la quitter. D'un autre côté, elle entend encore l'écho de sa voix soupirer qu'il a besoin de repos. Et qu'est-ce que la mort, sinon le repos éternel ?

La fillette tente alors d'imaginer ce à quoi ressembleront ses journées sans la compagnie rassurante et chaleureuse d'Omar. Les choses vont redevenir comme avant. Avec la disparition du vieil homme, elle perdra à la fois un refuge et un appui. Ce qu'elle ne réalise pas, c'est qu'elle n'en a peut-être plus autant besoin qu'avant. Omar lui a apporté une confiance toute neuve, des souvenirs et une joie qui, eux, ne sont pas près de disparaître.

Charlotte est tellement plongée dans ses pensées qu'elle n'entend pas sa mère rentrer. Pourtant, celle-ci est en avance sur son horaire habituel et, en temps normal, la fillette s'en réjouirait. Mais rien dans sa vie n'est plus tout à fait comme avant.

La mère de Charlotte retire ses bottes, gênée par la neige qui s'y accroche encore. Elle pose son sac et sa mallette sur le meuble de l'entrée, puis suspend son élégant blouson d'hiver noir et argent au portemanteau adjacent. Enfin, elle enfile de confortables chaussures d'intérieur. Elle s'étonne de ne pas voir sa fille surgir en trombe de sa chambre, tout excitée par sa présence. Si elle a quitté le bureau beaucoup plus tôt que d'habitude, c'est pour parler à Charlotte. C'est impératif. Elle voit bien que sa fille est perturbée depuis l'incident qui a conduit le vieux monsieur du premier étage à l'hôpital. Elle a du mal à saisir le lien étrange qui semble attacher Charlotte, *sa* Charlotte, à ce vieil homme – un inconnu. Elle conçoit difficilement que Charlotte ait pu le connaître ou le fréquenter. Sa fille a certes dû croiser le vieillard de temps à autre dans le vestibule de l'immeuble, mais cela ne suffit pas à expliquer son état de choc persistant, plusieurs jours après la découverte du corps évanoui.

La mère de Charlotte a aussi d'autres raisons de s'inquiéter.

La veille au soir, pour chercher à se rassurer sur l'état de sa fille, elle est allée voir sa voisine de palier dans le but de lui soutirer des informations. Cette drôle de bonne femme, qui semble passer son temps à faire le ménage, gantée de plastique et armée d'une bouteille de désinfectant, était probablement la mieux placée pour recueillir les éventuelles confidences de sa fille. La mère de Charlotte a trouvé cette idée dérangeante – et accablante. C'est à elle que Charlotte devrait se confier, pas à une voisine, fut-elle sa gardienne ! Et même si elle refuse de juger quelqu'un sur son apparence ou ses manies, elle doit s'avouer qu'elle n'apprécie guère cette femme austère. Lui confier Charlotte n'était rien d'autre qu'une solution de facilité, à peu de frais. Une excuse pour son propre manque de disponibilité, suffisante pour réussir à se convaincre que tout allait bien. Le fâcheux incident dont tout le voisinage parle depuis plusieurs jours a eu le mérite de lui ouvrir les yeux : elle se rend compte à présent du fossé qui s'est insidieusement creusé entre elle et Charlotte. Elle ne sait plus rien de sa propre fille, de ses occupations, de ses pensées ou de ses amis. Elle ne l'a pas vue grandir et elle ne la comprend plus. C'est ainsi qu'elle s'est retrouvée à frapper à la porte de sa voisine.

Dès que la porte s'ouvre, elle se lance dans un discours décousu et embarrassé. Elle tente maladroitement d'expliquer son angoisse. Elle veut savoir si sa fille a parlé, même par de simples allusions, de ce jour où tout a basculé. Soudain, elle se tait. Jamais Charlotte n'aurait choisi de se tourner vers cette femme, qui la fixe à présent d'un air revêche. Elle sait qu'elle a un peu perdu le contact avec sa fille depuis quelque temps, mais les choses ne peuvent pas avoir été aussi loin. C'est impossible. La réponse négative et ennuyée de la voisine tombe comme un couperet, tranchant net le fil de ses pensées. Elle est rassurée. Son intuition ne la trompe pas : cette femme n'a tissé aucun lien d'affection particulier avec sa fille. Elle ne sait rien des pensées de sa petite Charlotte – elle non plus. La culpabilité la submerge.

Elle a à peine le temps de s'excuser que la voisine referme déjà sa porte. La mère de Charlotte a soudain la très nette impression qu'on cherche à se débarrasser d'elle. Intriguée mais trop bouleversée par le cheminement de sa pensée pour insister davantage, elle rentre chez elle. Il est tard. Aujourd'hui encore, comme bien d'autres jours auparavant, elle a dû assister à une réunion importante – une de plus. Charlotte est déjà couchée et la lumière de sa chambre est éteinte. Sa mère s'approche sans bruit et reste un moment à écouter la respiration tranquille de sa fille. Lorsqu'enfin elle se décide à se mettre au lit, elle est incapable de trouver le sommeil.

Elle sombre après plusieurs heures d'insomnie. Mais elle fait alors un rêve dérangeant dans lequel des mains gantées de caoutchouc lui retirent sa fille. Elle la cherche à tâtons, dans un couloir obscur aux murs mouvants, qui semble s'allonger au rythme de ses pas, l'empêchant d'atteindre la lumière blanche qu'elle voit briller au loin et au milieu de laquelle Charlotte a disparu. S'ensuit un cauchemar impalpable, sans images ni mémoire, mais qui laisse son empreinte de panique dans son cœur et sur son corps. Elle se réveille au petit matin, en sueur, la poitrine oppressée. Incapable de se rendormir, elle se lève et va se faire réchauffer une tasse de café en attendant que sa fille la rejoigne. Elle sait qu'elle doit lui parler, mais elle n'a pas le courage d'affronter une discussion au petit-déjeuner. C'est trop tôt, elle est encore sous l'emprise de ses délires nocturnes. Par ailleurs, elle risque de manquer de temps. Et cette fois-ci, elle veut faire les choses dans les règles et parler à Charlotte en toute franchise, ce qu'elle n'a pas fait depuis des mois. Elle craint de se heurter à un mur. La fillette doit lui en vouloir terriblement.

Mère et fille sont particulièrement silencieuses ce matin-là. Ni l'une ni l'autre n'a la force de soulever le poids de leur morosité cumulée. Et si, pour une fois, elles quittent ensemble l'appartement, c'est pour mieux se séparer au pied de l'immeuble.

Toute la journée, au bureau, la mère de Charlotte affiche un air distant. Elle se pose de multiples questions sur sa fille et, par ricochets, sur sa propre vie. Depuis son divorce, elle cherche tellement à faire ses preuves qu'elle a failli oublier l'élément le plus important de son existence : Charlotte. Épuisée par le manque de sommeil, nerveusement ébranlée, elle parvient à convaincre son patron de la laisser partir tôt. Plus rien ne compte, et surtout pas sa carrière, si elle doit en perdre sa fille.

Mais quand elle rentre, après avoir répété mille fois son scénario de discussion idéale, personne ne vient l'accueillir. Charlotte est invisible. Sa mère s'attendait pourtant à la voir débouler, heureuse de sa présence. Apparemment, elle se leurrait, une fois de plus. Après avoir déposé ses affaires dans l'entrée, elle va frapper à la porte de sa chambre. Seul le silence lui répond, aussi pousse-t-elle doucement le battant. Charlotte est bien là, mais elle ne semble pas l'avoir entendue. Elle est assise dans le noir, immobile sur son lit, repliée sur elle-même comme si elle cherchait un peu de chaleur et de tendresse dans ses propres bras. Émue aux larmes, la mère de Charlotte contemple longuement sa fille avant de s'approcher silencieusement. Elle s'assoit à côté de l'enfant et, après un instant d'hésitation, la prend maladroitement dans ses bras. Charlotte, surprise par ce contact qu'elle n'attendait pas, sursaute violemment.

Puis elle comprend que les bras qui l'entourent sont ceux de sa mère. Une colère incompréhensible l'envahit brusquement, mais sa mère resserre son étreinte et la fillette est incapable de protester. Se méprenant sur la réaction de sa fille et persuadée qu'elle pleure, sa mère se met à murmurer un « Chhhhhut… » lancinant et doux qui se poursuit, se répète et se transforme en mantra apaisant, autant pour elle que pour l'enfant. Charlotte sent toute sa résistance fondre, pour se diluer dans la chaleur du corps de sa mère contre le sien. Elle se sent ramollir de l'intérieur, comme si tous ses muscles et toutes ses tensions se relâchaient d'un seul coup. Se laissant totalement aller, elle se blottit contre sa mère, dans une étreinte maintenant pleinement partagée. Elle n'ose plus bouger. En cet instant, les bras de sa mère et son parfum légèrement sucré l'enveloppent, la protègent et la consolent de tous ses malheurs. Charlotte baigne dans un véritable cocon de bien-être, doux et vaporeux. Ici et maintenant, rien de mal ne peut lui arriver. Les derniers mois, si difficiles, se perdent dans un passé brumeux, comme effacés d'un coup par cet instant magique d'amour maternel. Mère et fille se balancent doucement au rythme des battements de leurs deux cœurs enfin à l'unisson.

Tout d'un coup, un trop-plein d'émotions submerge la fillette. Elle se met à pleurer sans retenue, pendant de longues minutes. Les larmes semblent ne jamais vouloir cesser. Charlotte ne peut plus continuer à se taire, elle a besoin de se libérer du poids de ses secrets. Les mots se bousculent pour sortir de sa gorge, tout à trac : elle raconte d'une voix hachée sa rencontre avec Omar, ses après-midi avec lui, le merveilleux cheval de bois... Sa mère écoute sans rien dire, interloquée par tout ce qu'elle n'a pas vu, pas su. Et soudain la fillette s'arrête, hésite. Son souffle se raccourcit. Son cœur bat plus fort aussi. Elle s'écarte un peu de sa mère : « Je…. je t'ai menti, maman, et si tu ne veux plus m'aimer…, je comprendrai. » Bouleversée, la mère de Charlotte la reprend contre elle. « Chut, mon bébé, ne dis pas de bêtises, je t'aime, je t'aimerai toujours, tu seras toujours mon seul et unique trésor. » Et ses bras, plus éloquents encore que ses mots, enveloppent Charlotte, la bercent, la rassurent.

Le temps s'arrête.

Plus tard, après que les larmes se sont taries, quand leur intimité affectueuse a cédé la place à l'étonnement, puis à un certain embarras, la mère de Charlotte propose à sa fille de préparer un vrai repas, ensemble. Les gestes simples du quotidien sont une bouée de sauvetage, une routine à laquelle se raccrocher. Charlotte sourit et acquiesce en silence.

Ni la mère ni la fille ne sont très douées pour la cuisine, mais Charlotte adore les pâtes au beurre salé. C'est simple, rapide et copieux. Le plus important n'est de toute façon pas ce qu'il y a dans les assiettes, mais la nouvelle et fragile complicité qui s'est créée entre la mère et la fille. Elles sortent donc la grande casserole du placard, mettent de l'eau à chauffer avant d'y verser les pâtes, puis cisèlent du persil et du basilic. Quand les pâtes sont prêtes, Charlotte tend la passoire à sa mère, qui se charge de les égoutter. Elle rajoute aussitôt le beurre salé et les fines herbes, mélange vigoureusement puis sert deux assiettes pleines, fumantes et réconfortantes, qu'elle parsème de noix hachées.

Le repas est savoureux. Tout en mangeant, la mère de Charlotte ne peut s'empêcher de repenser à ce qu'elle vient de découvrir. Et soudain, quelque chose la frappe : puisque Charlotte connaissait bel et bien le vieil homme, il est impossible que la voisine n'ait pas été au courant. Elle la paye pour garder un œil sur sa fille, bon sang ! La main encore à moitié en l'air, la fourchette vide oscillant entre ses doigts, elle coule un regard de biais à la fillette. Elle se tait, cependant. Il est trop tard pour les reproches. D'autant plus qu'elle est beaucoup plus fautive que sa fille. Constamment absente ou distraite par ses soucis professionnels, elle n'a pas prêté une attention très soutenue au comportement de celle-ci. Et pourtant, maintenant qu'elle y pense, certains faits lui apparaissent sous un tout nouveau jour. Elle doit retourner voir la voisine. Elle ne peut pas laisser passer ça.

Charlotte n'a pas remarqué le changement d'humeur de sa mère. Elle s'est retranchée dans son monde. Au moins, elle semble calmée. Une fois le repas terminé et la vaisselle faite, Charlotte va directement se coucher. Elle est épuisée. Un peu hésitante, sa mère la suit. La fillette se glisse sous ses couvertures, et sa mère vient alors tendrement la border et l'embrasser sur le front, comme autrefois, quand elle était petite et qu'elle ne pouvait s'endormir sans un dernier câlin. Charlotte sourit, puis elle ferme les yeux et se tourne sur le côté, les genoux repliés vers le ventre. Sa mère se retire sur la pointe des pieds, un sourire aux lèvres.

Ce sourire disparaît bien vite, cependant. Malgré l'heure tardive, elle décide d'aller immédiatement tirer au clair l'affaire du gardiennage. Elle n'aime pas qu'on se moque d'elle. Le mécontentement monte en elle, en même temps qu'une prémisse de migraine. D'un pas décidé, elle traverse le palier et va frapper chez sa voisine. Deux fois en deux jours, c'est au moins une fois de trop. Elle attend quelques secondes, mais la patience lui fait défaut et elle frappe encore, de façon plus impérieuse. Ses soupçons se sont transformés en certitudes, alors même qu'elle n'a rien pour les étayer, en dehors de son intuition. Elle ne s'en ira pas avant d'avoir dit à la voisine ce qu'elle pense de son attitude et de son irresponsabilité. Et c'est à une mère vraiment courroucée que celle-ci ouvre finalement sa porte. Tant bien que mal, la mère de Charlotte essaie de contrôler le volume sonore de sa voix, pour ne pas réveiller sa fille ni ameuter les autres résidants de l'immeuble. Mais c'est peine perdue : des mois de stress débordent soudain en un flot de reproches cinglants. Elle est portée par un emportement salutaire.

La voisine accuse le coup, avant de se reprendre et d'afficher un sourire narquois. Son mensonge au sujet de la gamine n'avait rien d'un geste irréfléchi ou impulsif. Elle a pris le temps de peser le pour et le contre. Elle sait bien qu'elle ne risque pas grand-chose : les paiements étaient faits en argent comptant, et il n'existe aucun contrat écrit. Cet échange de service était si dérisoire qu'il n'y avait vraiment pas lieu d'en mettre l'administration fiscale au courant. Aujourd'hui, c'est sa parole contre celle de cette mère toujours absente, qu'une cour de justice un peu tatillonne déclarerait probablement incompétente pour s'occuper correctement de son enfant. À la lumière du témoignage de voisins anonymes, cette cour pourrait même aller jusqu'à réviser le jugement de divorce et confier la garde de Charlotte à son père et à sa nouvelle compagne, qui forment un couple beaucoup plus stable et disponible. C'est précisément ce que la voisine dit d'une voix doucereuse à la mère de Charlotte. Le ton même de cette voix suffit, à lui seul, à stopper le flot des paroles de cette dernière. Le sens des mots ne lui parvient pas immédiatement, mais quand elle comprend, elle a le souffle coupé par tant d'impudence. Pourtant, elle sait déjà qu'elle vient de se ridiculiser et que sa voisine a gagné. Elle n'a aucun recours. Tout ce qu'il lui reste à faire, à part ramasser les débris de sa dignité, c'est tourner les talons en même temps que la page.

La voisine, satisfaite de la tournure des événements, referme sa porte. Elle savait depuis le premier jour que cette situation, qui suffisait à son bonheur chiche, ne pourrait durer éternellement. Personne n'aime se faire duper, surtout quand il est question d'argent. En fait, elle pensait même que la gamine aurait parlé bien avant ce soir. Pour elle, l'affaire est close.

Pourtant, elle n'a rien compris : ce n'est pas une question d'argent. La mère de Charlotte se moque éperdument de la partie matérielle de l'affaire. Elle avait surtout besoin de s'en prendre à quelqu'un – quelqu'un d'autre qu'elle, sur qui reporter le blâme et la culpabilité. À présent, elle n'a d'autre choix que de regarder la vérité en face.

Il lui reste encore à trouver le courage de l'affronter. Et de changer.

4 – Solitudes

Omar est à l'hôpital depuis maintenant près d'une semaine. Une semaine à attendre patiemment la mort, qui tarde à venir. Il a pu constater au cours des derniers jours que la petite n'avait plus autant besoin de lui. Lors de ses visites, elle lui parle désormais constamment de sa mère. Il a rempli son rôle de catalyseur, tel un chaînon manquant subitement retrouvé dans la relation d'amour, de manque et d'absence qu'entretiennent Charlotte et sa mère. Le vieil homme sent que cette relation chaotique est sur le point de basculer. Il est heureux que son malaise et son hospitalisation aient pu déclencher ce changement salutaire pour l'enfant, et il sait qu'il peut désormais partir en paix.

D'un autre côté, il y a Louis. Il devrait presque remercier cette fichue maladie qui lui ronge les os, car sans elle, il ne l'aurait jamais rencontré. Louis est un homme étrange et rare, avec qui il se sent de nombreuses affinités malgré leurs différences d'âge, de race et de culture. Le grand Noir est un silencieux, et Omar a toujours été économe de ses mots. Chez eux, les manifestations d'émotion sont rares mais toujours sincères. Le vieillard apprécie les visites de Louis, et il sait que la réciproque est vraie. Il ne comprend pas plus ses motivations aujourd'hui qu'au premier matin, mais il a cessé de s'en préoccuper. Louis est quelqu'un de bien, et cela suffit. Omar se moque du reste.

Le vieil homme a maigri comme une peau de chagrin au cours de la semaine écoulée. Il est à présent incapable d'avaler quoi que ce soit de solide. Seul le liquide de la perfusion le maintient en vie, goutte à goutte. Parfois, il aimerait tout débrancher et se laisser sombrer dans l'inconnu, mais il sait bien que ce choix lui est interdit : le personnel hospitalier ne le laisserait pas faire. Pourtant, il est bien là pour mourir. Il ne veut surtout pas d'une survie à rabais. Tout ce qu'il souhaite, c'est l'oubli et le sommeil. Dans ses rêves, le vieil homme sent l'odeur enivrante de la terre et du bois en décomposition tout autour de lui, et son âme enfin libérée du carcan qu'est devenu son corps débile peut s'envoler pour retrouver celle de sa femme.

Mais quand le sommeil le lâche, il n'est plus qu'un cadavre en sursis, trop faible pour se battre, contre la vie ou contre la mort. La douleur l'envahit et il ne sait plus quoi faire.

Charlotte est venue, l'autre jour, en compagnie de Louis. Ces deux-là sont les seuls visiteurs qu'Omar reçoit. Il n'a toujours pas prévenu sa famille, il a même passé sous silence le fait qu'il en avait une. Personne à l'hôpital n'est au courant. Personne n'a vraiment cherché à savoir non plus. Ainsi isolé, bloqué sur son lit, Omar est impuissant face aux pensées qui se succèdent sans répit sous son crâne, à longueur de journée. Au moins, il a les idées claires. Même si Charlotte est un vrai rayon de soleil qui illumine sa vie, il ne peut s'empêcher de songer qu'il était bien imprudent de sa part de laisser la fillette se rapprocher de lui. Il est, et a toujours été, depuis le premier jour de leur rencontre fortuite, un vieil homme fini. Le temps et le destin se sont chargés de le lui rappeler et de mettre un terme à cette folie. Il n'ose imaginer à quel point Charlotte aurait été démunie face à sa disparition, si celle-ci était survenue quelques mois plus tard.

Quant à sa propre fille, Omar souhaite qu'elle se souvienne de lui comme le père fort et robuste qu'il a longtemps été. Un pilier, protecteur et aimant. Il ne veut surtout pas lui infliger le triste spectacle de sa décrépitude. Personne ne mérite de vivre cela. Il a toujours été maladroit, il est temps de rattraper toutes ses erreurs par un geste charitable.

Omar ne veut pas non plus que ses petits-enfants gardent de lui l'image d'un vieil homme décharné, agonisant sur un lit d'hôpital. Les visites seraient pénibles et éprouvantes pour tout le monde. En outre, sa fille déteste les échecs. Le lui rappeler serait bien cruel : la maladie et la mort ne sont-elles pas l'ultime et incontournable échec de l'humanité ? Omar assume sa maladie, mais il est persuadé que sa fille et ses petits-enfants seraient désorientés, voire effrayés par son état. Il se rappelle la réaction des gamins, quelques années auparavant, lorsqu'une de leurs tantes avait dû être temporairement hospitalisée : il avait lu en eux une sorte de dégoût, vitrine d'un malaise honteux, masque derrière lequel se cachait leur effroi et leur incapacité à faire face.

Pour toutes ces raisons, Omar choisit aujourd'hui de s'éteindre loin des siens. Il regrette de ne pas pouvoir leur faire ses adieux et il aurait aimé les revoir une dernière fois, mais il sait qu'il est dans son bon droit. Cette décision lui appartient et il ne cèdera pas. Il veut rester à jamais le père solide et inébranlable dont sa fille a toujours raillé l'immobilisme – tout en l'admirant.

Parce qu'il ne veut pas effrayer Charlotte, Omar a réussi, par un immense effort de volonté, à rester alerte tout au long de sa visite, malgré les médicaments et l'épuisement. La conscience en éveil, il se concentrait sur chaque détail et sur chaque sensation avec une intensité dont ses souvenirs pourraient ensuite se nourrir : la présence de Louis, silencieux dans un coin; les yeux un peu trop brillants de Charlotte, impressionnée par la dégradation rapide de son état; les passages répétés de l'infirmière qui vérifie sa perfusion et rajuste sa position. Omar lui a demandé de réduire la dose de morphine aux heures de visite. Même si elle n'en dit rien, elle tient à s'assurer que son patient ne souffre pas trop. Elle voit bien que ses visiteurs le fatiguent, mais elle hésite à intervenir. Le vieillard va bientôt avoir l'éternité pour se reposer.

Omar a réussi à saisir la main de Charlotte et à lui sourire. Les yeux que la fillette fixe sur lui paraissent immenses. Ce sont deux grands lacs sombres, qui cachent un profond chagrin sous leur surface calme. Pourtant, elle se retient de pleurer. C'est plus facile qu'elle ne l'aurait pensé, d'ailleurs, car Omar n'a pas vraiment l'air triste. Charlotte est troublée, car elle a toujours cru que la mort était quelque chose de profondément triste. Comme tous ceux qui restent, et qui doivent apprendre à composer avec l'absence des disparus, Charlotte devra faire son deuil. Le vieil homme n'est pas encore parti qu'il lui manque déjà, et elle ne sait pas bien comment réagir. La mort est une nouveauté dans son univers. La fillette pense aux longues heures de silence qu'elle devra désormais affronter à son retour de l'école. Elle pense aux histoires d'Omar, aux gestes lents qui les ponctuaient, à la douceur de sa voix. Une histoire en particulier lui revient en mémoire : dans celle-ci, les Anciens étaient appelés « grands-pères ». Aujourd'hui, ce mot lui brûle les lèvres et le cœur.

Immobile dans un coin de la chambre, Louis se fait discret pour ne pas risquer de troubler l'échange qui se déroule sous ses yeux, ni s'immiscer dans ces instants d'intimité. Sa présence relève d'une suite d'événements improbables. Coup de chance ou coup du sort, il n'en sait encore trop rien. Mais il est heureux d'être là. Jamais il n'aurait pensé qu'assister à la fin d'un vieillard inconnu pourrait l'aider sur le chemin de sa propre guérison.

Appuyé au mur, impassible, il attend. Les minutes s'égrènent lentement. Louis ne montre jamais aucune impatience. On pourrait même croire que le temps ne s'écoule pas pour lui à la même vitesse que pour le reste du monde. Il a toujours été de nature lente et réfléchie, ce qui a souvent eu pour effet de susciter ou d'accroître l'agacement de ceux qui ont eu affaire à lui, comme un écho inversé. Pourtant, ni Omar ni Charlotte ne semblent le remarquer, et Louis peut enfin être lui-même. La petite ne demande que cela, du temps, et le vieillard est trop malade pour vouloir étirer celui dont il dispose. Entre eux, Louis est un pendule dont le lent balancement rythme le temps qui leur reste... et qui leur est compté.

Des heures se sont écoulées depuis cette visite, peut-être même plusieurs jours. Omar a perdu la notion du temps. Il sait simplement que Louis et Charlotte sont partis depuis longtemps. Étendu dans la semi-obscurité de sa chambre, il est de nouveau seul. Il fait nuit. Il a réussi à dormir un peu, d'un sommeil agité, interrompu par des élancements qui transpercent son corps comme une pluie d'étoiles filantes. À présent, il contemple le plafond. Il se demande brièvement quelle heure il peut bien être – comme si cela pouvait avoir une quelconque importance. Il espère la visite de Louis. Quoi que cet homme étrange vienne chercher ici, c'est dans la solitude et l'obscurité complice de la nuit qu'il le trouve.

Alors Omar attend. C'est tout ce qu'il fait, ces derniers jours. Attendre et réfléchir. Le destin est bien étrange, et ses chemins bien tortueux.

3 – Une âme charitable

Louis est désormais habité par une allégresse persistance qui rejaillit sur toute sa personne. Ses gestes sont plus fluides, même son pas est différent : plus souple, plus délié. Il sait que ses choix sont les bons, et cette nouvelle assurance lui donne des ailes. Il attend avec une impatience mêlée d'inquiétude le début prochain de sa session de formation. Pour se rassurer, il passe presque chaque jour à la bibliothèque consulter des revues et se documenter sur les problématiques des jeunes et de ceux qui les encadrent. Bientôt, lui aussi fera partie de ces intervenants indispensables, qui travaillent souvent dans l'ombre et dans l'urgence : travailleurs sociaux, éducateurs, psychologues. Louis cherche à aller plus loin que ses propres expériences difficiles. La suffisance de ceux qui savent mieux que les autres est un piège dans lequel il veut éviter de tomber. Souvent, il quitte la bibliothèque avec les bras remplis de livres. Il a pris l'habitude d'en emmener un ou deux avec lui, chaque nuit. Et entre chacune de ses rondes, à chacune de ses pauses, il s'instruit. Il dévore les rapports et les études de cas comme s'il s'agissait de romans passionnants.

Louis a erré trop longtemps dans le désert : sa soif est inextinguible.

Il a aussi changé ses habitudes. Au lieu de rentrer directement chez lui après le travail et l'hôpital, il s'arrête chaque matin au deuxième étage pour prendre des nouvelles de Charlotte. Depuis que la fillette a glissé sa petite main dans la sienne, le jour de la découverte du corps d'Omar, il se sent en partie responsable d'elle. Cet élan de tendresse est aussi inattendu qu'impérieux. Il est désormais incapable de descendre ou de monter l'escalier sans s'arrêter sur le deuxième palier, sous peine de se sentir coupable.

Louis a remarqué avec un peu d'étonnement que, chaque fois qu'il frappe à la porte de l'appartement de Charlotte, un léger grincement se fait entendre un peu plus loin sur le palier, prélude à l'apparition d'un œil inquisiteur. Cette voisine semble n'avoir rien d'autre à faire de ses journées que d'épier ses semblables. Au début, Louis s'est amusé de cette curiosité déplacée. Dans l'immeuble, tout le monde est au courant que la gamine a trouvé le vieux du rez-de-chaussée à moitié mort. Certains prétendent même que Louis l'aurait « ressuscité » par quelque rituel magique; la rumeur parle aussi parfois de vaudou ou de magie noire, et certains suggèrent avec suspicion que Louis pourrait bien être responsable de l'état actuel et végétatif du vieillard. Louis choisit d'ignorer ces médisances, ainsi que les regards soupçonneux, voire inquiets, des autres résidents. Mais la voisine de Charlotte ne le craint pas et, au fil des jours, il s'est mis à trouver son intérêt malsain. Plusieurs fois, il a entraperçu le visage de la femme. Un visage pointu et agressif, non dénué d'une certaine ressemblance avec une fouine. Louis n'aime ni ses yeux étroits, toujours plissés, ni leur expression retorse et inquisitrice qui le met mal à l'aise. Il ne peut s'empêcher, à chaque fois, de redresser les épaules et le menton avec un air de défi.

Charlotte est toujours heureuse de le voir, même si Louis ne déroge jamais à la règle qu'il s'est fixée : la fillette a beau le presser d'entrer quelques instant, Louis persiste à décliner l'invitation, jour après jour. Aujourd'hui pourtant, au moment de tourner les talons, il change inexplicablement d'avis. Il sourit à la fillette, puis la suit dans son appartement. Charlotte saute littéralement de joie. Elle se précipite dans la cuisine, ravie de pouvoir partager son bol de chocolat rituel du goûter avec son nouvel ami. Les vieilles habitudes ont la vie dure, et Charlotte adore le chocolat. Mais depuis quelque temps, elle n'accompagne plus son breuvage de plusieurs tranches de pain épaisses et grassement tartinées. Son estomac est souvent contracté, et la nourriture ne lui procure plus autant de satisfaction qu'avant.

Louis tire une chaise et s'installe maladroitement. Sa présence lui paraît presque choquante dans cette cuisine et cet intérieur très féminins. Son propre appartement est construit exactement sur le même modèle, pourtant, ici, rien ne semble s'y apparenter. Les couleurs, les meubles, les tissus, tout a été choisi ici avec soin – et beaucoup d'élégance. Heureusement, Louis retrouve une contenance dès que Charlotte pose devant lui une grosse tasse de chocolat fumant. Dans son souci de bien faire, elle a failli tout renverser sur les genoux de son invité. La catastrophe évitée de justesse, Charlotte s'assoit à côté de Louis et commence à parler. Pour une fois, elle suit à la lettre les conseils mondains de sa mère. Le babillage insouciant de la fillette finit par décontracter Louis, dont les lèvres esquissent un sourire rieur. Aussitôt, Charlotte se tait et le fixe droit dans les yeux. Elle craint subitement d'en avoir trop fait. Pourtant, elle ne décèle aucune moquerie dans le regard de l'homme. Encore un peu crispée, elle laisse le silence s'installer. Un silence calme, complice et apaisant comme Omar savait en créer. La fillette se détend.

Louis boit tranquillement son chocolat jusqu'à la dernière goutte, puis il se lève et va déposer son bol dans l'évier. Il remercie gentiment Charlotte et prend congé d'elle, sans aucune affectation. Tout semble simple avec Louis; ni les mots ni les gestes n'ont de sens caché.

À l'autre bout de la ville, Omar se réveille en sursaut, tiré d'un cauchemar irraisonné par le grincement des roues du chariot dans le couloir. La prise de médicaments constitue une diversion que le vieil homme accueille avec soulagement. Dehors, la nuit est tombée depuis plusieurs heures déjà. Omar regrette un peu de partir en cette saison, quand l'obscurité envahissante se glisse jusqu'aux cœurs des gens et de la ville et que la grisaille envahit tout. L'ivoire de la neige n'est qu'illusion. Le vieil homme aurait aimé pouvoir assister une dernière fois au bourgeonnement printanier. Il se souvient avec émotion de son pays natal et de ses éclosions si soudaines de vie; à ses yeux, rien n'avait jamais égalé la beauté éphémère et flamboyante du désert après la pluie. Omar avait cependant appris à aimer sa nouvelle patrie – d'autant plus qu'Adèle avait une prédilection pour le froid –, même si plusieurs années lui avaient été nécessaires pour s'habituer à cette couverture cotonneuse, scintillante et glacée qui recouvrait tout et ralentissait le pouls de la ville. Aujourd'hui, l'hiver règne à l'intérieur comme à l'extérieur de son corps.

Omar pousse un long soupir, très vite interrompu par une toux rauque et caverneuse qui vient lui déchirer les poumons. Il halète et peine à reprendre son souffle. C'est trop dur, il n'en peut plus. Il est temps d'en finir.

Dans le couloir, devant la chambre, l'infirmière de nuit s'arrête en entendant Omar. Elle entre dans la chambre et pose un flacon sur la table, accompagné d'un emballage qui ressemble à celui d'une seringue. Puis, avec douceur, elle vient redresser le vieillard sur ses oreillers afin de l'aider à respirer. Omar se sent un peu mieux. Même s'il l'ignore, l'infirmière comprend fort bien à quel point son état est difficile à endurer.

Sa propre mère est passée par là, bien des années auparavant, et l'infirmière se souvient des souffrances qu'elle avait dû supporter avant de pouvoir, enfin, quitter ce monde. À l'époque, l'infirmière avait été envahie par un profond sentiment de révolte et d'injustice. Rien n'avait plus aucun sens. La maladie, terrible châtiment immérité, avait remis sa foi en question, mais sa vocation était demeurée intacte. Elle avait accompagné sa mère tout au long de sa déchéance, la veillant souvent jusqu'aux petites heures du matin, au détriment de sa propre vie. À défaut de pouvoir réellement la soulager, elle lui offrait présence et appui – tout comme sa mère l'avait fait avec elle, quand elle était petite, puis, plus tard, tout au long de ses études. Mais l'état de sa mère s'était rapidement dégradé. Hébétée, les yeux hagards et la lèvre molle, elle passait désormais des heures à fixer le vide, ne reconnaissant même plus sa propre fille. Puis elle avait sombré dans le coma et elle était morte sans jamais reprendre conscience. Sa disparition avait laissé l'infirmière comme dépossédée d'une partie d'elle-même. Il lui avait fallu des mois pour s'en remettre. Et si elle avait par la suite perdu des petits bouts de son âme au fil des années, au fil des patients incurables et des morts inéluctables, elle avait toujours refusé de voir s'éteindre sa compassion naturelle envers ceux qui souffrent. Elle avait cultivé cette flamme au fond de son cœur, rappel lancinant de son incapacité à affronter la dernière volonté clairement exprimée par sa mère : mourir de son propre gré. Elle avait baissé les bras au moment où sa mère avait le plus besoin d'elle.

Ce souvenir la hante.

Après avoir adressé un dernier sourire au vieillard, l'infirmière ressort de la chambre. Elle éprouve une affection particulière pour ce patient. Le vieil homme est attachant, et son amitié pour la fillette est touchante, quasi filiale. Pourtant, au fil des années, elle a assisté à d'innombrables agonies similaires. Tous ces condamnés, vieux et affaiblis, aux yeux profondément enfoncés dans leurs orbites, la poursuivent jusque dans ses rêves. Peut-être admire-t-elle Omar parce qu'il est différent, serein face à la mort.

Il y a aussi cet étrange visiteur, cet homme qu'elle a laissé entrer sans hésitation hors des heures normales de visite, en infraction de toutes les règles. Omar dort mieux après les visites de Louis, et l'infirmière ne sait qu'en penser. Désormais, elle aussi guette l'arrivée de Louis au petit matin, attentive au bruit de ses pas et au chuintement de ses chaussures sur le linoléum du couloir. Pendant que le grand Noir, toujours assis dans le même coin, silencieux, tient compagnie à Omar, elle passe régulièrement devant la porte pour jeter un œil à l'intérieur de la chambre. Elle est fascinée par ce qui se passe sous ses yeux.

Et pourtant, il ne se passe rien.

2 – La demande

L'infirmière a bien cru que Louis ne viendrait pas. Les bus de nuit, déjà peu fréquents, étaient retardés par une nouvelle tempête de neige, qui remplissait les rues plus vite que les déneigeuses ne les vidaient. Mais Louis, fidèle au poste, est maintenant assis à côté d'Omar. La chaleur est presque étouffante, et pourtant il perçoit des frissons épisodiques sur l'épiderme du vieillard, comme une eau faiblement agitée par une brise légère. Exceptionnellement, il a rapproché sa chaise du lit et sa main est posée sur le drap. Omar a tellement maigri en l'espace de quelques jours que Louis hésite à toucher sa peau diaphane. Le vieillard, décharné, paraît minuscule au fond de ce lit d'hôpital, perdu au milieu des appareils respiratoires, rattaché à la vie par le mince fil d'une perfusion.

La nuit touche à sa fin et le calme règne dans l'hôpital endormi. Louis est seul avec son nouvel ami. Il aime ces moments paisibles, méditation intérieure rythmée par les bips accompagnant la respiration faible du vieil homme, cet étranger si familier. Les heures qu'il passe à l'hôpital semblent exister hors du temps, dans une dimension parallèle dont personne, sauf lui, ne garde le souvenir. Louis aimerait que la nuit se prolonge encore un peu. L'aube n'est guère plus qu'une promesse, mais la chambre est déjà éclairée par le reflet vert des écrans des moniteurs et la lumière froide des néons du couloir, toujours allumés.

Face aux souffrances endurées par le vieil homme, Louis se sent complètement impuissant – et ignorant. Il comprend mieux les réactions de Charlotte, que les visites laissent à chaque fois en larmes, et c'est pourquoi il préfère venir seul. Il contemple alors longuement le vieillard et ne voit plus aucun désespoir en lui.

Au gré de ses rares échanges verbaux avec le vieil homme ou la fillette, Louis a compris qu'Omar avait une fille, qu'il n'a pas prévenue de la situation. Il a essayé d'aborder le sujet avec le vieil homme, mais celui-ci n'a pas voulu en parler, et Louis respecte son choix. Après tout, ce ne sont pas ses affaires. Il ignore qu'Omar a, malgré tout, pris la peine de rédiger une courte note, d'une écriture tremblante, sur une simple feuille volante glissée dans une enveloppe soigneusement cachetée et adressée que le personnel de l'hôpital trouvera dans ses affaires personnelles après sa mort. Dans cette lettre, Omar demande pardon à sa fille pour tout ce qu'il n'a pas su faire, pas su comprendre. Il lui parle de son refus, réfléchi et rationnel, de voir souffrir les siens dans ses derniers moments. Il sait que les diverses formalités dont elle devra s'occuper seront un dérivatif à son chagrin et à ses espoirs déçus. Omar lègue tout à sa fille. Son testament est rédigé depuis des décennies, et il n'en a jamais changé une seule virgule. Sa fille n'aura qu'à reprendre contact avec le notaire.

Après mûre réflexion, Louis a choisi de considérer le geste d'Omar comme un cadeau et non comme une trahison. Il vaut parfois mieux se taire pour éviter des souffrances inutiles à ceux qu'on aime. À présent, il aimerait pouvoir dire au vieil homme qu'il comprend, mais il en est incapable. Alors il observe en silence le vieillard au fond de son lit, si frêle que même le drap semble trop lourd, comme prêt à l'écraser. Ses bras sont décharnés, les veines saillantes, les os visibles sous la peau translucide. La respiration d'Omar est si ténue que Louis peut à peine percevoir le mouvement de la poitrine. Il imagine le cœur fragile luttant pour pomper le sang et envoyer la vie dans ce corps à l'agonie.

Louis est perdu dans ses pensées lorsqu'Omar ouvre les yeux.

Il faut quelques instants au vieil homme pour réaliser qu'il n'est pas seul. Allongé comme il l'est, il ne voit guère que le plafond de la pièce. Le simple fait de redresser la tête est devenu un véritable supplice. Ses muscles ne répondent plus. Mais Louis dégage une « aura » qu'il peut percevoir. Omar sourit. Il attendait l'arrivée de Louis quand le sommeil l'a emporté.

Quand la main du vieil homme remue, Louis reprend aussitôt contact avec la réalité, alerté par ce mouvement pourtant à peine perceptible. Omar le fixe droit dans les yeux, ses prunelles brillant d'une volonté farouche. Il a quelque chose à lui demander, et Louis devine sans difficulté de quoi il s'agit. Il craint ces paroles depuis sa toute première visite. Il les attend, aussi. Incertain de sa propre réaction, il souhaiterait que ces mots-là ne soient jamais prononcés, car ils seront alors irrévocables.

Mais le vieillard arbore un air décidé. Dans quelques jours, peut-être quelques heures, il sera trop tard. La souffrance deviendra intolérable et il perdra jusqu'à sa lucidité. Il veut éviter à tout prix de n'être plus qu'une coquille vide de sens. Il est déterminé à partir de son plein gré et au moment où il l'aura choisi. Il ne laissera pas la maladie l'emporter.

Fiévreusement, Omar parle. Longuement, par petites phrases hachées, en s'assurant que Louis comprend bien l'importance vitale que revêt sa demande – ou sa supplique, s'il faut en arriver là. Louis écoute sans un mot, son regard rivé sur le vieil homme. Quand celui-ci a terminé, il ferme les yeux, comme si ce simple geste pouvait suffire à purger son esprit des mots qu'Omar vient d'y déverser. Des éclats de lumière dansent derrière ses paupières closes. Étourdi, il rouvre les yeux. Il ne peut pas lutter. Alors il croise les mains sur ses genoux et incline légèrement la tête vers l'avant, en un geste ténu de résignation.

Omar, tout à l'intensité de sa plaidoirie, n'a pas vu l'acquiescement infime de Louis. Il insiste, il s'essouffle. Il tente d'arracher une promesse à Louis, car il devine que cet homme lui ressemble : il ne reviendra pas sur une parole donnée. Finalement, Omar se tait, à bout d'arguments et d'énergie. Son regard se vide de son feu et il se laisse aller contre son oreiller, épuisé. Le silence s'installe. Omar sait qu'il demande beaucoup. L'impossible, peut-être.

Les minutes s'écoulent, inexorables, et Omar se met à douter. Il n'est qu'un vieux fou qui a nourri bien trop d'espoir. Aussi le « oui » lourd de conséquence que son visiteur finit par murmurer d'une voix basse et grave le laisse-t-il interdit – et profondément soulagé. Louis oscille entre le détachement et la panique. Il est bien conscient que cette décision interdit tout retour en arrière; il lui faudra apprendre à vivre avec son geste. Omar le sait aussi, mais il croit Louis capable d'assumer cet acte miséricordieux – et profondément humain. En lui, la douleur et la peur s'évanouissent.

Le vieil homme a épuisé toutes ses forces. Libéré d'un grand poids, il se rendort presque aussitôt. Louis est incapable de faire le moindre geste. Les pensées se bousculent dans sa tête. Il a beau avoir été élevé dans un pensionnat catholique, il est athée; le dilemme qui le déchire n'est donc pas d'ordre religieux. Pour calmer le chaos qui menace de le submerger, il se concentre sur le vieil homme. C'est à lui qu'il faut penser avant tout. Louis respire soudain plus facilement : confronté à une fin aussi douloureuse, nul doute que lui aussi aimerait avoir le choix – ou l'opportunité du choix. Omar l'avait bien jugé : il ne reniera pas la promesse qu'il vient de faire. Empli de compassion envers le vieillard, Louis repousse ses doutes et s'inquiète à présent de détails pratiques. Sa préoccupation la plus immédiate – et la plus terrible – est de trouver le moyen de tenir sa parole.

Il songe fugitivement à tout simplement débrancher les appareils reliant le vieil homme à la vie, mais cela ne servirait sans doute à rien. Il est probable que des alarmes se déclencheraient et que le personnel infirmier accourrait aussitôt. En quelques fractions de secondes, d'autres idées plus folles les unes que les autres naissent, se télescopent et disparaissent dans les limbes de son cerveau fatigué. Brusquement, un visage s'impose à lui : Khaled. Il lui suffirait de s'arranger avec lui pour obtenir de la dope, suffisamment pour une overdose assurée. Louis sursaute. Qu'est-ce qu'il lui prend ? En aucun cas, il n'impliquera qui que ce soit dans son choix. Surtout pas Khaled. Il n'en a pas le droit. Louis soupire. Aucune idée sensée ou réalisable ne lui vient. Il s'est mis dans un beau pétrin.

Immobile dans l'embrasure de la porte, l'infirmière de nuit a assisté à toute la scène sans qu'aucun des deux hommes ne remarque sa présence.

Elle revenait vers le poste de garde, après avoir répondu à l'appel d'un patient, quand l'intensité et la solennité de l'atmosphère se dégageant de la chambre quatre ont retenu son attention. Elle s'est ainsi retrouvée au mauvais endroit au mauvais moment – ou au bon endroit au bon moment ? Elle se sent comme une voleuse. Une voleuse d'intimité. Elle n'a rien entendu de ce qu'a dit Omar, mais c'est inutile. Elle a bien vu ses yeux brillants, sa main suppliante qui s'est agrippée un instant au bras de son visiteur et la réaction de ce dernier. Une scène similaire lui remonte en mémoire; les souvenirs sont vifs, comme si c'était hier. Bien qu'elle ait réussi, à l'époque, à envisager l'idée du suicide assisté que sa mère réclamait, elle avait été incapable de passer à l'acte. Ce qui avait suivi l'avait marquée au fer rouge : les souffrances, puis la démence, peut-être plus insupportable encore, avant la délivrance du coma et, pour finir, de la mort.

L'infirmière, plus secouée qu'elle ne le voudrait, se retire discrètement. Comme un automate, elle reprend ses tâches routinières, mais le cœur n'y est plus. Le passé se rappelle cruellement à elle, et ses remords la dévorent. Elle a déjà pris une fois la mauvaise décision. Elle ne veut pas recommencer. Elle doit faire quelque chose. C'est aussi simple que cela.

Aussitôt sa décision arrêtée, le poids qui écrasait sa poitrine se relâche. Elle ne gagnera peut-être jamais l'absolution pour sa lâcheté d'autrefois, mais elle peut au moins essayer. Toutes ces années passées à soulager des mourants convergent vers cet instant. Personne ne posera de question sur la mort annoncée d'un vieillard au bout de sa route.

Quand Louis, encore sous le choc, se décide enfin à quitter l'hôpital, il fait jour. L'infirmière a fini son service et pourtant, elle est encore là. Elle attend. Elle suit l'homme dans les escaliers, puis dans le hall et à l'extérieur de bâtiment, sur le stationnement. En passant à côté de lui pour regagner sa voiture, elle lui pose la main sur le bras, sans rien dire, et glisse discrètement une seringue pleine dans sa poche. Louis, surpris, ne pense même pas à protester. Il n'a pas reconnu une seringue dans l'objet que la femme lui a donné, mais il sent à présent très nettement sa forme allongée sous ses doigts et le capuchon de plastique protégeant l'aiguille. Aucun doute n'est permis.

Tout est arrivé très vite et personne n'a rien vu. La femme ne l'a même pas regardé. Louis ne cherche pas à la rattraper. Il a reconnu l'infirmière de nuit du service des soins palliatifs. Il sait déjà à quoi sert le contenu de la seringue.

L'univers vient de lui faire un signe.

Une fois chez lui, il range soigneusement la seringue et son contenu mortel dans une boîte, qu'il place au fond de son armoire à pharmacie, derrière les pots d'aspirine et de somnifères. La nuit prochaine sera la dernière, mais avant, il doit emmener Charlotte voir Omar. Une toute dernière fois.

1 – Les adieux

Ce soir-là, la mère de Charlotte rentre avant la nuit. Cela lui arrive de plus en plus souvent ces temps-ci. Après s'être débarrassée de son manteau et de sa sacoche, elle se dirige vers la cuisine. Elle s'arrête un instant à l'entrée de la pièce et contemple sa fille en silence. Absorbée par son goûter, celle-ci ne l'a pas entendue arriver. Sa mère est frappée par les changements qui se sont opérés en Charlotte. Elle se rend compte qu'elle n'a pas *vraiment* regardé sa fille depuis des mois. Elle a grandi, et elle semble un peu moins replète. Il y a autre chose, cependant – plus impalpable. La fillette paraît plus sérieuse et ses gestes sont plus assurés. Elle a perdu son innocence.

Sa mère est soudain émue aux larmes. Il lui semble qu'hier encore, elle tenait sa fille dans ses bras, bébé fragile dont le babil et les mimiques l'attendrissaient et l'amusaient. Son émotion est si forte qu'elle en est douloureuse. Elle s'en veut de son aveuglement. Aujourd'hui, elle voudrait retrouver cette connexion simple et profonde qui l'unissait autrefois si naturellement à son enfant. Elle n'est pas sûre qu'il ne soit pas déjà trop tard. Elle ne peut plus déchiffrer les pensées de sa fille.

Elle devine cependant que Charlotte pense beaucoup au vieux locataire du rez-de-chaussée. L'amitié bien réelle qui s'est nouée entre sa fille et ce vieil homme la perturbe. Charlotte devrait plutôt avoir des amis de son âge. Mais depuis que leurs

– trop rares – conversations se résument à des questions machinales et des réponses réduites à leur plus simple expression, elle ignore tout du quotidien de son enfant.

Les mots échangés flottaient entre elles sans jamais atteindre leur cible, pour finir par se dissoudre dans le néant. Ni l'une ni l'autre n'insistaient plus depuis bien trop longtemps.

Charlotte est immobile, figée comme un automate détraqué. Elle tient une tartine de pain au-dessus de sa tasse de chocolat, à quelques centimètres de la noyade. Des miettes tombent dans le liquide, gonflent et se morcèlent, ruinant la texture crémeuse du savoureux breuvage. La fillette a les yeux perdus dans le vague, dans un ailleurs où sa mère aimerait pouvoir la rejoindre. Celle-ci ébauche un geste de la main, mais son bras retombe aussitôt, inutile. Elle ne sait plus comment faire, et elle craint la réaction de sa fille.

Quand se mère entre dans la cuisine, Charlotte sort de sa torpeur. Elle cligne des yeux, étonnée. Elle regarde sa mère, puis sa tartine. Ses yeux brillent un peu trop fort. C'est ce désespoir muet, plus que tout autre chose, qui décide sa mère à s'approcher enfin. Elle pose une main hésitante sur l'épaule de sa fille, en une caresse emplie de tendresse. « Je suis là, ma puce », dit ce geste silencieux. Et Charlotte sourit, d'un sourire fragile, pâle et tremblotant, mais bien visible. Pour l'heure, c'est suffisant. C'est un premier pas. Il y en aura d'autres.

Le lendemain matin, le déjeuner est paisible – et partagé. Ni Charlotte ni sa mère, assises de part et d'autre de la table de la cuisine, n'osent interrompre ce moment privilégié, pas même pour aller chercher de la confiture dans le frigo, remplir une tasse de café, récupérer un dossier ultra important dans le fond d'un tiroir ou encore faire le plein de cacao… Charlotte chipote, mais quand sa mère lui sourit, son visage s'éclaire. Cette dernière tente d'oublier ses soucis professionnels pour se concentrer sur le présent. Elle ne peut pas changer sa vie entière du jour au lendemain, mais elle veut voir sa fille grandir. Elle a parfois du mal à reconnaître dans cette préadolescente gauche la fillette rieuse d'autrefois. Le temps passe tellement vite. La vie est comme un train à haute vitesse dont la destination est inéluctable; au final, seuls les souvenirs du chemin parcouru comptent. Elle est en train de passer complètement à côté. Elle a vraiment besoin de réorganiser ses priorités.

Elle sait qu'elle devrait parler à Charlotte, mais elle n'y arrive pas. Le moment ne semble jamais propice. Pourtant, elle aimerait lui raconter sa vie, le milieu ouvrier dont elle est issue, et les fins de mois difficiles. Elle voudrait aussi lui dire son regret de ne pas être allée à l'université. La vie ne lui a jamais fait de cadeau, mais elle a su tirer son épingle du jeu, à force de travail. Elle n'oublie jamais que nombre de ses collègues peuvent arguer de compétences certifiées noires sur blanc. Son expérience et son opiniâtreté sont ses meilleurs atouts : ce qu'elle fait, elle le fait bien. Et elle commence à se fatiguer d'avoir toujours à faire ses preuves. Elle est, et restera, une femme dans un monde d'hommes.

Elle s'est toujours promis que pour Charlotte, les choses seraient différentes. La pension alimentaire que son ex-mari tient à lui verser est soigneusement placée dans un compte réservé : Charlotte aura ainsi une bonne base pour démarrer sa vie d'adulte. Si elle a tout prévu sur le plan financier, elle n'a jamais pensé à l'évolution de leurs rapports, une fois que Charlotte aura pris son indépendance. Elle a soudain peur.

Inconsciente des pensées qui agitent sa mère, la fillette joue avec ses céréales, toutes ramollies dans son bol de lait quand, brusquement, la sonnette retentit. Charlotte échappe sa cuillère, qui tombe avec un grand bruit contre le bord du bol, manquant le renverser. Sa mère sursaute violemment. La quiétude de ce matin presque ordinaire est rompue. Il est vraiment tôt, et elles n'attendent personne. Inquiète, la mère de Charlotte va ouvrir la porte avec réticence. Sur le palier se tient l'homme qui a aidé Charlotte, l'autre jour. Il a l'air un peu gêné d'arriver ainsi à l'improviste. La mère de Charlotte sourit mollement. La fillette, elle, sent son cœur se serrer.

Louis rentre tout juste du travail et il est épuisé. Depuis sa visite de la veille à l'hôpital, il n'a pas eu un instant de répit. Quand l'image du vieillard suppliant quitte son esprit, elle est aussitôt remplacée par celle de l'infirmière lui glissant la seringue dans la poche. La sensation est si vive qu'il porte plusieurs fois la main à son manteau, en un geste involontaire qui le laisse chaque fois mal à l'aise. Il se demande ce qui a pu pousser le vieillard à lui faire à ce point confiance. N'ayant réussi à trouver aucune explication satisfaisante, il a fini par se résigner : parfois, il n'existe tout simplement pas de bonne réponse. Il n'y a que la vérité de chacun, celle qui permet de continuer à vivre, à espérer et à mourir selon ses convictions.

Plusieurs heures durant, alors qu'il arpentait les couloirs vides de l'immeuble à bureaux déserté, Louis a rejoué le film de sa vie pour tenter de donner un sens à l'étrange chemin qui l'a mené ici, aujourd'hui. Rythme lancinant et répétitif, mantra des temps modernes, le bruit de ses pas venait briser le silence et plonger Louis dans une transe hypnotique. Peu à peu, Louis a laissé la nuit, désormais apprivoisée, se couler en lui, jusqu'à pouvoir faire la paix avec le geste qu'il s'apprête à poser – avec sa vie et ses choix.

Au petit matin, il est rentré directement. Inutile de repousser plus longtemps le moment fatidique. Il faut qu'il prévienne Charlotte. Sa mère doit aussi en être avertie. La fillette va avoir besoin d'elle.

Sur le palier, Louis hésite : il est vraiment tôt. Malgré tout, il espère que Charlotte et sa mère seront levées, l'une se préparant à partir au travail, l'autre à l'école. C'est un soulagement de voir la porte s'ouvrir quelques secondes à peine après son coup de sonnette. Mais très vite, l'embarras remplace la gêne. Il voit bien que la mère de la fillette cherche encore à comprendre le rôle qu'il joue dans cette étrange affaire. Son regard est interrogateur, mais elle ne pose aucune question. Heureusement, car Louis ne saurait pas trop quoi répondre. Il n'est pas certain de ses sentiments. Il s'est attaché à Charlotte, mais il ne veut pas s'immiscer dans sa vie. Tout est déjà bien assez compliqué.

En voyant la fillette, serrée contre sa mère sur le pas de la porte, son visage inquiet levé vers lui, les marques laissées par l'oreiller encore profondément imprimées sur une de ses joues, il ne peut s'empêcher de sourire. Charlotte s'agrippe littéralement à sa mère.

Dès qu'elle croise le regard de Louis, Charlotte se détend. Omar n'est pas encore mort. Louis commence à parler, mais la fillette est incapable de saisir ce qu'il dit. Quand les mots finissent par lui parvenir, elle comprend qu'il sollicite la permission de l'emmener voir Omar aujourd'hui. Pas maintenant, bien sûr, mais plus tard, quand il aura un peu dormi.

La fillette lève des yeux suppliants vers sa mère. Le ton de Louis est calme, mais ferme et résolu. Pour Charlotte, cela ne peut signifier qu'une seule chose : il ne reste plus grand temps. Cette visite sera la dernière. Elle est surprise de ne pas éprouver de douleur à cette idée. Omar doit être content de partir.

Après quelques instants de réflexion, et au grand soulagement de Charlotte, sa mère acquiesce. Alors que Louis est sur le point de repartir, elle le retient d'un geste et annonce qu'elle aimerait venir, elle aussi, si Louis et Charlotte le permettent. La fillette en reste bouche bée. Louis sourit. Il était temps.

En classe, les heures s'étirent laborieusement. Charlotte est incapable de s'intéresser aux mathématiques ou à la géographie. Elle est tellement distraite qu'elle finit par écoper d'une punition, qui ne suffit pas à ramener sa concentration. Elle ne voit même pas le sourire de connivence discret dont la gratifie le grand Carl. Et c'est une fillette tendue et impatiente que

Louis retrouve devant leur immeuble en fin d'après-midi. Sa mère est là, elle aussi. Intimidée, elle se tient un peu en retrait et le salue d'un simple geste du menton. Sans échanger un seul mot, tous trois prennent le chemin de l'hôpital. Charlotte hésite, puis se porte au niveau de Louis, laissant sa mère les suivre quelques pas en arrière. Louis fait partie de sa relation avec Omar, à présent, et en cet instant, elle a besoin de son appui. Tout au long du trajet, elle tente de se préparer, mais en vain. Elle ignore comment dire adieu.

Louis serre des doigts crispés sur la boîte qui contient la seringue, tout au fond de sa poche. Un poids lui oppresse la poitrine.

La mère de Charlotte se demande si elle a bien fait de les accompagner.

La nuit est tombée lorsqu'ils pénètrent dans le service des soins palliatifs. Omar est réveillé. Il est prêt. En voyant Charlotte, il esquisse un faible sourire. Il a un cadeau pour elle. D'une main décharnée, il fait signe à la fillette et à sa mère d'approcher. Il ne semble pas surpris outre mesure de la présence de celle-ci, et il veut qu'elle entende ce qu'il a à dire. C'est important. C'est bien qu'elle soit venue. Lentement, d'une voix qui n'est plus qu'un souffle à peine perceptible, Omar explique qu'il souhaite offrir le cheval de bois à la fillette. Ainsi, elle se souviendra des choses importantes de la vie, de tous ces petits bonheurs du quotidien, comme un jouet en bois inachevé ou du temps passé avec ceux qu'on aime. Plusieurs nuits auparavant, il a remis à

Louis les clés de son appartement. Il suffit d'y passer. Charlotte a les larmes aux yeux. Sa mère, émue elle aussi par cette attention inattendue mais si sincère, ne sait pas quelle attitude adopter. Elle n'ose pas refuser.

Elle ne savait pas qu'Omar fabriquait des jouets.

Le vieillard prend la main que la fillette a timidement posée sur le lit, près de lui. Elle se penche vers lui et il lui murmure à l'oreille sa joie de partir, de prendre enfin le repos qu'il mérite après une vie bien remplie. Il l'adjure de ne pas être triste, car lui ne l'est pas : il va rejoindre sa femme. Le visage de la fillette s'éclaire. Omar a raison. Elle n'a pas le droit de lui demander de rester encore un peu avec elle. Elle n'est plus seule. Charlotte pleure, mais il n'y a pas que du chagrin dans ses larmes.

Comme à son habitude, Louis est parfaitement immobile dans un coin de la pièce. Il attend. Dehors, le vent se lève, et le froid dessine des cristaux de glace sur la fenêtre de la chambre. Quelques flocons voltigent de-ci, de-là, tels des petites lucioles de lumière. Le vieil homme, épuisé par son discours, ferme les yeux. Sa main lâche celle de Charlotte. La fillette ne bronche pas. Elle contemple longuement le vieil homme, pour graver son visage dans sa mémoire, puis elle chuchote : « Il dort », et elle se tourne vers sa mère, dont elle saisit la main en un geste tranquille et assuré. Charlotte vient de quitter l'enfance.

Sur le seuil de la pièce, la fillette se retourne une dernière fois. Elle articule silencieusement un « au revoir » plein de tendresse, puis la mère et la fille s'éloignent lentement dans le couloir. Louis se retrouve seul en tête-à-tête avec le vieillard.

Rien ne bouge, et seuls les bips incessants des machines troublent le silence opaque qui règne dans la chambre. Même les bruits de l'hôpital sont assourdis. Louis s'approche. Il sait que le vieillard ne dort pas. Bientôt, Omar ouvre les yeux. Il fixe Louis. Ses paupières s'abaissent et se relèvent. Son regard est clair et déterminé : c'est l'heure. Louis jette un œil vers la porte et le couloir désert, puis il sort la boîte de sa poche, saisit délicatement la seringue et en ôte avec précaution le capuchon protecteur. Il va ensuite en injecter méticuleusement le contenu dans le sac de la perfusion rattachée au poignet du vieil homme. Le liquide se trouble. Louis murmure une prière en guise d'oraison funèbre. Il ne croit pas en Dieu, mais les mots sont porteurs d'espoir et l'acte lui semble approprié. Omar a refermé les yeux et il sourit, le visage détendu, les mains jointes sur la poitrine.

Louis n'attend pas de voir le liquide s'écouler jusqu'aux veines du vieillard. Il ne veut pas être témoin de sa fin. Ce moment ne lui appartient pas. Il quitte la chambre en silence et retrouve la lumière crue des néons. Aussitôt, les bruits de l'hôpital l'assaillent et il presse le pas. Curieusement, il se sent bien.

0 – Épilogue

L'infirmière de nuit a trouvé la lettre d'Omar en rassemblant ses maigres affaires. Sur l'enveloppe, le nom et les coordonnées de sa fille, clairement identifiée. Étonnée par cette découverte, l'infirmière s'est silencieusement reproché de n'avoir pas insisté davantage auprès de son patient pour obtenir le nom de ses proches. Puis, elle a compris que ce choix n'était pas le sien. Elle a donc suivi les volontés parfaitement assumées d'Omar : elle a téléphoné à sa fille pour la prévenir de sa disparition. Un silence lourd s'est installé sur la ligne à l'annonce de cette nouvelle, puis son interlocutrice a repris la parole, d'une voix lasse et engourdie, mais qui ne tremblait pas.

La fille d'Omar a pris les choses en main, sans hésiter ni même vaciller sous le poids de sa peine. Une peine qui, pourtant, l'a atteinte de plein fouet, une fois le combiné du téléphone reposé sur son socle. Une peine d'autant plus intense qu'elle était inattendue. Elle s'est blâmée pour son aveuglement. Elle s'en est voulu de n'avoir rien vu – ou rien voulu voir. Et elle a subitement réalisé que le détachement qu'elle affichait depuis des années vis-à-vis de son père n'était qu'une façade bien fragile. Il avait toujours été l'homme fort de sa vie, celui qui la poussait à se dépasser. Au-delà de la perte, c'est la décision de son père de l'exclure de ses derniers moments sur cette terre qui lui semblait être la plus difficile à accepter. C'est comme s'il lui refusait une ultime chance de réparer ses torts, comme s'il la rejetait ou, pire, qu'il la reniait. Puis, très vite, ce choix de partir sans rien dire, seul et loin de sa famille, s'est imposé à elle comme une évidence – et un sacrifice. Le sentiment premier de trahison a fait place à un intense soulagement teinté de culpabilité. Son père la connaissait finalement mieux qu'elle ne le pensait. Il avait bien fait de leur épargner à tous deux une épreuve pénible… et le risque d'une grande déception. Certes, elle aurait aimé faire ses adieux à son père et l'accompagner dans sa souffrance, mais leur relation avait toujours été si chaotique qu'ils auraient aussi bien pu se disputer sur des choses insignifiantes, des incompréhensions trop bien ancrées pour que le fossé qu'elles avaient fini par créer puisse se refermer. Il en avait toujours été ainsi. L'agacement, les piques et les éclats de voix étaient devenus une façon d'être, une habitude, voire même une source de dérision désabusée. Dans le fond, peut-être son père avait-il tout simplement voulu éviter que ses derniers moments soient entachés de rancœur.

Il lui faudrait encore plusieurs mois pour parvenir à accepter cette suite d'événements, mais elle y parviendrait, forte de l'image qu'elle garderait pour toujours de son père. Un colosse de l'ancien temps.

Son mari, lui, a préféré mettre cet « oubli » sur le compte de la sénilité du vieil homme, et il n'a cessé de le répéter, comme pour mieux s'en convaincre. La fille d'Omar n'y croit pas une seconde.

Une fois le choc initial passé et la force de ses premiers sentiments émoussée, elle repense aux dernières visites chez le vieil homme, et en déplore aujourd'hui la rareté. Il est trop tard pour tenter de réparer les torts, et la faute ne lui en incombe pas exclusivement. Mais si Omar a souvent regretté son propre comportement, il lui avait pardonné depuis longtemps le sien. À présent, il ne lui reste plus que le souvenir d'un père aussi solide et rugueux qu'un grand chêne. Omar était fait du même matériau que ses jouets et elle ne l'avait jamais vraiment compris. Par-dessus tout, il l'aimait. Et cette prise de conscience, cette certitude violente autant que cruelle, fait enfin céder son barrage émotionnel. Les larmes se mettent à couler.

Le jour de l'enterrement, le soleil brille. Le temps est doux, l'air léger comme une brise de printemps, comme si l'hiver avait décidé de faire une pause en l'honneur de ces funérailles.
Aucune des quelques personnes présentes ne peut ignorer la petite fille boulotte à la peau pâle, habillée comme un clown – au point que c'en est choquant dans ces circonstances – et le grand Noir qui la tient par la main. Ces deux étrangers, dont la présence dans la vie d'Omar paraît si invraisemblable, se tiennent un peu à l'écart tout au long de la cérémonie. Personne, pas même Louis, n'aurait pu deviner qu'Omar avait un jour raconté à Charlotte l'histoire d'un oiseau aux mille couleurs, objet de l'adoration d'un roi, et que ses vêtements, aujourd'hui, sont un hommage secret au vieil homme. De ses grands yeux lumineux, la fillette suit et enregistre le moindre détail de l'enterrement. Son regard s'attarde sur chaque geste, chaque larme, chaque soupir. Lorsque la première poignée de terre est lancée sur le cercueil, ses lèvres se mettent à trembler et l'eau envahit son regard qui se voile, brouillant brièvement la scène. Puis la vague de chagrin se retire, laissant son âme nettoyée et en paix. L'enfant retrouve son doux sourire.

Louis n'a pas remarqué le trouble de Charlotte. Il est perdu dans ses pensées. Son appréhension était grande de renouer avec le monde des morts et des oubliés. Pourtant, curieusement, ici et aujourd'hui, il se sent renaître. Le cimetière n'a rien à voir avec celui de son enfance, tout semble paisible. Plus que cela, même : ici, les âmes sont en repos et chaque chose est à sa place.

Silencieux, l'homme et la fillette assistent de loin à tout le service funèbre, puis ils s'éclipsent discrètement, sans même s'approcher du cercueil ni présenter leurs condoléances aux proches d'Omar. Chacun à sa manière, ils ont déjà dit adieu au vieillard.

En sortant du cimetière, la fillette échappe à la main de Louis et se met à danser dans les rayons de soleil, vive et légère, son visage rond tourné vers le ciel. Louis, indulgent malgré les regards, pour la plupart réprobateurs, qu'il sent braqués sur eux, la regarde faire avec une patience tranquille. Ses yeux sourient.

Louis n'a pas vu, et encore moins reconnu, la femme seule qui se tient immobile de l'autre côté de la rue, en face du cimetière, et qui contemple la scène. Sans son uniforme, elle parait bien différente. Plus jeune et plus sereine, peut-être.

Table des matières

LOUIS --- 1

OMAR -- 12

CHARLOTTE -- 22

1re PARTIE

1 – Rencontre --- 29
2 – Réflexions --- 39
3 – Interrogations --- 46
4 – Désillusion --- 54
5 – Aveu --- 61
7 – Chantage --- 79
8 – Réminiscences --- 91
9 – Apprivoisement --------------------------------------- 97
10 – Changements -- 105
11 – Une journée ordinaire ------------------------------ 110
12 – Retour sur images ---------------------------------- 119

2e PARTIE

8 – Rupture -- 127
7 – Réveil -- 139
6 – Visites --- 147
5 – Mise au point -- 157
4 – Solitudes --- 168
3 – Une âme charitable ----------------------------------- 174
2 – La demande -- 181
1 – Les adieux -- 189
0 – Épilogue -- 198

Dépôt légal - Bibliothèque et Archives nationales du Québec et Bibliothèque et Archives Canada, 2015

www.ingramcontent.com/pod-product-compliance
Lightning Source LLC
Chambersburg PA
CBHW072355020726
47506CB00004B/1120